Hans Erich Nossack, geboren am 30. Januar 1901 in Hamburg, ist dort am 2. November 1977 gestorben.

Er erhielt 1957 den Preis des Kulturkreises im Bundesverband der Deutschen Industrie, 1961 den Georg-Büchner-Preis, 1963 den Wilhelm-Raabe-Preis. Prosa: *Nekyia; Interview mit dem Tode; Spätestens im November; Der Neugierige; Spirale; Begegnung im Vorraum; Der Untergang; Der jüngere Bruder; Unmögliche Beweisaufnahme; Nach dem Letzten Aufstand; Das kennt man; Das Testament des Lucius Eurinus; Das Mal; Der Fall d'Arthez; Dem unbekannten Sieger; Die gestohlene Melodie; Bereitschaftsdienst; Ein glücklicher Mensch; Um es kurz zu machen; Dieser Andere.* Essays: *Die schwache Position der Literatur; Pseudoautobiographische Glossen; Vier Etüden.* Schauspiele. Übersetzungen aus dem Englischen und Amerikanischen.

Ein junger Medizinstudent, der im Hamburger Hafenkrankenhaus aushilft, kommt zur Sitzwache in das Zimmer einer sterbenden Dirne. Während er versucht, in seinen Fachbüchern zu lesen, spricht sie unaufhörlich vor sich hin bis zu ihrem mutmaßlichen Tod und erzählt eine Geschichte, die ganz offensichtlich genährt ist von realen Erlebnissen wie von Träumen. Sie erzählt von sich, von einem anderen Sterbenden, von einem Herrn André, den sie auf fremde Weisung aus einer Kaschemme herausgeholt hatte und an dessen letzten Stunden sie teilnimmt. So spiegelt sich ihr eigenes Sterben in dem, was sie über das Sterben des anderen berichtet.

insel taschenbuch 2330

Hans Erich Nossack

Das kennt man

Ein insel taschenbuch im Großdruck

Hans Erich Nossack
Das kennt man

Erzählung

Insel Verlag

insel taschenbuch 2330
Erste Auflage 1991
Insel Verlag Frankfurt am Main und Leipzig

Hinweise zu dieser Ausgabe am Schluß des Bandes
Vertrieb durch den Suhrkamp Taschenbuch Verlag
Umschlag nach Entwürfen von Willy Fleckhaus
Satz: LibroSatz, Kriftel
Druck: Wagner GmbH, Nördlingen
Printed in Germany

1 2 3 4 5 6 – 96 95 94 93 92 91

Das kennt man

Um kurz die Situation zu schildern:

Der auf den nachfolgenden Seiten als ›Junger Mann‹ Angeredete war damals Student der Medizin, der praktischen Dienst im Hamburger Hafenkrankenhaus tat. In diesem besonderen Fall hatte er Sitzwache bei einer Patientin, deren Zustand als bedenklich oder hoffnungslos angesehen wurde. Der Name des Studenten tut nichts zur Sache. Er machte sich erst später einen Namen.

Die Patientin charakterisiert sich in ihrer Erzählung, oder wie immer man ihr Gerede nennen will, selber genügend. Sie scheint nicht gewußt zu haben, daß man ihr das linke Bein oberhalb des Knies abgenommen hatte. Sie war am Spätnachmittag einem der üblichen Verkehrsunfälle zum Opfer gefallen. Laut Polizeibericht soll sie unmittelbar nach Verlassen des Kinos bei rotem Licht über die Straße gegangen sein. Sehr wahrscheinlich geschah das auf der Reeperbahn. Die Erzählerin spricht zwar aus Gründen, die nicht ersichtlich sind, immer nur von einer Hauptstraße, aber Topographie und Milieu dessen, was sie als ›unsere Gegend‹ bezeichnet, lassen recht eindeutig auf St. Pauli und noch dazu auf einen ziemlich begrenzten Straßenbezirk schließen. Möglich auch, daß die Straßennamen erst von demjenigen neutralisiert wurden, der sich dies alles aufzunotieren gedrängt fühlte; er schämte sich vielleicht der Verfasserschaft. Wie gesagt, der Zustand der Patientin war bedenklich, darum lag sie nicht im Saal, sondern abgesondert. Im Hafenkrankenhaus oder wenigstens in der betreffenden Abteilung gab es dafür einen winzigen Raum neben dem Büro, in dem die Stationsschwester schriftliche Arbeiten und dergleichen erledigte.

Die mit so auffallender Feindseligkeit als ›die da nebenan‹ erwähnte Person war die Nachtschwester. Schwester Lea, wenn man durchaus will, doch auch ihr Name tut nichts zur Sache.

Soweit, was die Personen betrifft. Da jedoch der erste Satz, in dem von einem Knopf die Rede ist, ohne Erklärung ganz unverständlich wäre, sei noch folgendes hinzugefügt: Schwester Lea hatte den jungen Mann, weil sie sonst keine Beschäftigung für ihn wußte, mit dieser Sitzwache beauftragt. Er sollte aufpassen, daß die Patientin sich nicht losriß. Er durfte seine Aktentasche mit Lehrbüchern und Kollegheften mit in das kleine Zimmer nehmen.

Schwester Lea brachte den Studenten selber zu der Patientin, um sich bei der Gelegenheit von deren Befinden zu überzeugen. Sie fühlte ihr den Puls und zog die Decke zurecht. Das Zimmer war so winzig, daß außer für das Bett, den Nachttisch und einen Stuhl kaum Platz war.

Die Patientin ließ alles stillschweigend mit sich geschehen, lag aber mit offenen Augen da und beobachtete jede Bewegung. Erst als Schwester Lea schon hinausgehen wollte, um dem jungen Mann Platz zu machen, sagte die Patientin plötzlich: ›Da fehlt ein Knopf.‹

Schwester Lea blieb erstaunt stehen. Die Patientin wies mit dem Kopf auf den weißen Kittel des jungen Mannes und sagte: ›Man wird ihn in der Wäscherei beim Bügeln zerbrochen haben. Das tun sie da immer. Wenn Sie mir Nadel und Faden geben ...‹ Schwester Lea war so überrascht, daß sie fragte: ›Ja, und der Knopf?‹ Tatsächlich fehlte der unterste Knopf an dem Kittel des jungen Mannes. Er suchte in der Tasche danach, aber natürlich war der Knopf nicht da. Der junge Mann lächelte verlegen, und Schwester Lea ging achselzuckend hinaus. Jedenfalls kam sie nicht mit Nadel und Faden zurück, was ja auch sinnlos gewesen wäre, da der Knopf nicht vorhanden war. Die lächerliche Anekdote ist lediglich ein Beweis dafür, daß die Patientin hellwach war. Sie starb erst gegen Tagesanbruch an einer Gehirnblutung. Als ältere erfahrene Schwester hatte Schwester Lea das vorausgesehen. ›Das sieht man an den Nasenflügeln‹, hatte sie gesagt. Und übrigens hatte sie dem jungen Mann noch geraten, gar nicht hinzuhören. ›Das ist eine von denen, die von Spritzen nur noch redseliger werden. Da läßt sich nichts machen.‹

Der Student war verlegen, weil er sich beobachtet fühlte. Das dürfte der Anlaß gewesen sein, weshalb er das Gehörte nachher zu Papier zu bringen versuchte, obwohl das ganz und gar nicht zu seinen beruflichen Aufgaben paßte.

Die Patientin sagte:

Das mit dem Knopf habe ich nur gesagt, um die da loszuwerden. Sie ist auch prompt darauf reingefallen. Hören Sie nur, wie sie sich ärgert. Da ist ihr der Kaffeelöffel aus der Hand geglitten. Jetzt wird sie gleich telefonieren und sich neue Anweisungen geben lassen. Alles wegen des abgerissenen Knopfes. Immer, wenn sie nicht weiter wissen, wird telefoniert. Das kennt man. Sie sind nicht gewohnt, daß ihnen etwas mißlingt, deshalb telefonieren sie miteinander. Sie flüstern es sich über das Telefon zu, alle Leitungen sind besetzt. Jetzt flüstern sie ringsum über den abgerissenen Knopf und was das zu bedeuten habe. Man wird Ihnen deswegen die Schuld geben, denn die da geben nie zu, daß sie einen Fehler gemacht haben. Man wird alles auf Sie schieben, junger Mann. Aber haben Sie keine Angst, ich passe schon auf. Die da nebenan kann uns nichts anhaben. Sie hat gar keine Macht, sie ist ganz untergeordnet. Man hat sie rasch vorgeschickt, um mir den Puls zu fühlen; zu etwas andrem ist sie nicht mehr zu gebrauchen. Und natürlich, um zu telefonieren. Ich habe sofort gemerkt, daß sie von ihnen vorgeschickt ist. Das ist schon der zweite Fehler, den sie machen. Sie halten unsereinen für zu dumm, das ist es. Sie sind sich ihrer Sache gar zu sicher. Sie meinen, mit Pulsfühlen und Herumtelefonieren hätten sie uns in der Gewalt. Und mit so einer armseligen Aufpasserin. Sie werden sich noch wundern. Aber selbstverständlich müssen wir bis Tagesanbruch wachsam bleiben. Bis kurz vor Tagesanbruch, ja. So lange unternehmen sie nichts. Das riskieren sie denn doch nicht nach dem Fehlschlag mit der schwarzen Limousine. Ich soll erst müde werden, das ist der Plan. Die da nebenan soll dafür sorgen, daß ich müde werde. Den Rat geben sie ihr am Telefon. Ich kenne ihre Methode.

Kommen Sie etwas näher. Sie können da doch nicht lesen, Sie verderben sich nur die Augen. Und ich brauche dann nicht so laut zu reden. Sicher hat die da nebenan Ihnen gesagt, daß Sie mich einfach reden lassen sollen, ohne hinzuhören. Doch, doch! Sie sind viel zu jung, Sie können noch nicht lügen. Das sehe ich doch, ich habe Erfahrung. Ich habe sofort gesehen, daß Sie nicht zu denen da gehören, das bilden die sich nur ein. Sollen sie! Lassen Sie Ihr Buch ruhig aufgeschlagen. Tun Sie so, als ob Sie darin lesen. Wenn sie kommt, um nach dem Rechten zu sehen, gebe ich Ihnen ein Zeichen. Wenn sie sieht, daß Sie in Ihrem Buch lesen, geht sie zufrieden wieder weg. Sie ist nämlich nervös. Sie hat Angst, daß ich Ihnen Dinge erzähle, die man Ihnen absichtlich verheimlicht, um besser mit Ihnen herumkommandieren zu können. So eine ist das, so sind sie alle, das kennt man. Ich habe selbst Schuld, daß sie nervös ist. Ich habe mich vorhin verraten, das war falsch. Ich war noch nicht ganz bei mir. Man hat mir etwas eingespritzt, und ich wollte rasch wieder wach werden. Die da nebenan sprang mit mir um, als könnte sie schon ganz über mich verfügen. Das machte mich wütend und ich verriet mich. Doch zum Glück hat sie mir nicht geglaubt. Sie sagte: Schon gut, schon gut! Regen Sie sich nicht auf! und hat mir den Puls gefühlt. Das sagt man immer, wenn man etwas nicht ernst nimmt. Auch wir sagen es, wenn ein Mann uns Geschichten erzählt. Viele erzählen uns Geschichten; wir sagen: Schon gut! und hören gar nicht hin. Das lernt man als erstes. Hinterher sind ihnen die Geschichten dann selber nicht mehr wichtig. Sie wissen nicht einmal mehr, daß sie sie erzählt haben, und gehen zufrieden nach Haus. Das kennt man. Wir werden die da nebenan schon täuschen, das ist kein Kunststück. Soll sie sich nur in Sicherheit wiegen. Wenn man sie am Telefon fragt, ob alles in Ordnung ist, wird sie sogar beleidigt sein und fragen: Was soll denn nicht in Ordnung sein? Ich habe einen jungen Mann an ihr Bett gesetzt. Und dann wird ihr der abgerissene Knopf einfallen und sie wird in sich hineinlachen, weil sie meint: die habe ich auf Nummer Sicher; die denkt nur noch an abgerissene Knöpfe.

Ich hätte ihr nicht verraten dürfen, daß ich meinen freien Tag habe. Es ist mir so herausgefahren, aber ich glaube, sie hat es schon wieder vergessen. Sie vergessen alles, was ihnen nicht in den Kram paßt. Merken Sie sich das, denn auf die Weise kann man sie leicht täuschen. Aber natürlich muß man den Mund halten. Sowie Sie sich verraten, sind Sie verloren. Ich sage Ihnen das, weil Sie noch jung sind und denen alles glauben, aber was ich Ihnen sage, stimmt; Sie können sich darauf verlassen. Geben Sie mich nicht aus der Hand. Die da haben nämlich keine Ahnung, daß es mein freier Tag ist. Nun telefonieren sie herum und sind ganz verwirrt, weil ihnen das mit der schwarzen Limousine mißlungen ist. Ein so sicherer Fahrer, dem noch nie etwas mißlungen ist. Und es war doch alles genau geplant, es konnte nichts schiefgehen, und nun ist es doch mißlungen. Das macht sie nervös. An sich war es auch nicht mein freier Tag. Mein freier Tag ist erst übermorgen, aber ich habe im letzten Moment mit der Lissi getauscht, weil ich schlechter Laune war und ins Kino wollte. Und der Lissi paßte es zufällig; sie hat übermorgen Geburtstag und will ihn mit ihrer

Kusine feiern. So ging ich ins Kino. Davon konnten die da nichts wissen. Sie haben sich genau nach dem Kalender gerichtet und die schwarze Limousine losgeschickt. Jetzt wundern sie sich. Sie werden sich noch mehr wundern. Aber verraten Sie mich nicht. Es ist unsere Stärke, daß sie nichts davon wissen. Vor Tagesanbruch werden sie einen zweiten Versuch machen, das ist klar. Keine Angst, wir werden ihnen schon ein Schnippchen schlagen.

Doch bis dahin müssen wir warten, da hilft alles nichts. Mir macht das nichts aus; ich gehe nie vor Tagesanbruch zu Bett. Bis dahin kann immer noch ein Kunde kommen. Erst wenn die Fahrer ihre Lastwagen wieder anlassen, kann man sein Geld zählen, und davon wird man müde. Beim Einschlafen hört man noch die erste Straßenbahn und hat endlich seine Ruhe. Auch die Polizisten vom Nachtdienst strecken sich dann und werden abgelöst. Doch Sie sind noch jung, Sie haben Ihren Schlaf nötig. Wenn Sie wollen, können Sie ruhig etwas einnicken. Vor mir brauchen Sie sich nicht zu genieren. Lassen Sie das Buch aufgeschlagen, aber so, daß es nicht herunterfällt. Das würde die da nebenan hören und gleich angelaufen kommen. Wenn ich sie kommen höre, werde ich Sie am Knie berühren, so, daß Sie nicht erschrecken. Sie brauchen dann nur die Augen aufzumachen. Aber rücken Sie noch etwas näher, ich kann nicht so weit auslangen. Die Dummköpfe haben mich, glaube ich, am Bett festgeschnallt, damit ich ihnen nicht weglaufe. Der, der mich abholen kommt, wird sich vor Lachen ausschütten. Ich denke nicht daran, wegzulaufen. Das habe ich nicht nötig. Ich brauche nur zu warten, dann wird man mich hier wegholen. Man hat es mir versprochen, und das sind Leute, die ihr Wort halten. Und mehr Macht als die andern haben sie auch. Aber sprechen Sie nicht darüber, damit die da nebenan uns nicht erst mit ihrer Herumtelefoniererei in die Quere kommt. Man muß sich dumm stellen und sie überraschen. Die, die mich abholen kommen, benutzen die Stunde vor Tagesanbruch, weil dann nicht viel Verkehr auf der Straße ist, man kann dann schneller fahren. Auch die andern benutzen die Stunde, aber die Meinigen werden ihnen zuvorkommen, verlassen Sie sich darauf. Die anderen haben den längeren Weg, sie kommen von jenseits des Flusses. Sie benutzen die Stunde, weil dann noch Nebel über dem Wasser liegt und alle Welt zu müde ist, um darauf zu achten, wenn sie über die Brücke fahren. Sie haben sehr gute Wagen; so leise, daß man gar nicht hinsieht, weil man es für Ohrensausen hält. Die Zollbeamten kommen nicht erst aus ihrem Häuschen heraus; man hat sie vielleicht bestochen. Ich habe es selbst erlebt, als man mich herüberschaffte. Ich dachte die ganze Fahrt: Beim Zoll müssen sie anhalten, und ein Zollbeamter wird die Tür aufmachen, um nachzusehen. Dann schrei ich um Hilfe und springe hinaus. Oder wenn sie nicht halten, schießen die Zollbeamten, und es soll mir gleich sein. Aber sie hielten nicht und niemand schoß. Es war auch keine Schranke da, nur Nebel. Und weil ein Nebelhorn auf dem Fluß schrie, hätte man mich auch nicht schreien hören. Da gab ich das Weinen auf, es hatte keinen Sinn mehr zu weinen. Denn ob Sie es mir glauben oder nicht, ich habe auf der ganzen Fahrt bis zur Brücke geweint, denn ich hoffte immer noch. Natürlich hat man mich nicht in der schwarzen Limousine hergeschafft; das ist ein sehr feiner Wagen; den haben sie für andere Zwecke. Sie haben mehrere Wagen, passen Sie nur ja auf. Mich brachten sie in einem Kombi, wie man es hier nennt. Ich wußte nicht, warum sie mich plötzlich nicht mehr brauchen konnten und fortschafften. Ich wagte nicht zu fragen, was ich verbrochen hatte, so überraschend kam alles. Es ist nicht zu sagen, wie traurig ich war und ganz wehrlos. Bei uns fragte man nicht. Auf den Gedanken kam niemand; es war ja alles selbstverständlich. Darum weinte ich. Erst als sie mich auf dieser Seite absetzten, hörte ich damit auf.

Aber täuschen Sie sich nicht, sie haben auch hier

ihre Aufpasser, viel mehr, als Sie denken, und die da nebenan ist eine davon. Sie haben ganz gewöhnliche Berufe, man hält sie für ordentliche Menschen, doch sie sind gefährlich; sie berichten alles nach drüben, dafür werden sie bezahlt. Das Telefon haben sie ganz in der Hand. Hüten Sie sich vor dem Telefon. Man hört alle Gespräche ab. Ich sage Ihnen das, weil Sie noch jung sind und sich danach richten können. Es ist die letzte Gelegenheit für Sie. Denn was ich Ihnen sage, wird Ihnen keiner mehr sagen. Doch wenn Sie sich verraten, sind Sie verloren. Die da nebenan wird sich nichts anmerken lassen, wenn Sie ihr etwas davon erzählen. Sie wird sagen: Unsinn! Unsinn! Was lassen Sie sich von so einem Mädchen Geschichten erzählen. Und mir wird sie eine Spritze geben, damit ich still bin und nicht noch mehr verrate und damit ich alles vergesse. Das ist nämlich ihre Methode: man soll alles vergessen, damit sie mit einem umspringen können, wie es ihnen paßt, und ohne daß einer sich wehrt und ihnen Umstände macht. Auch von mir meinten sie, daß ich alles vergessen hätte, und es ist wahr, ich hatte es auch vergessen. Aber es fiel mir wieder ein, und damit haben sie nicht gerechnet. Doch es muß ihnen jemand berichtet haben, ich weiß nicht wer. Als sie merkten, daß mir alles wieder eingefallen war, schickten sie schnell die schwarze Limousine. Sie hatten es so eilig damit, daß sie nicht einmal bis Tagesanbruch warteten, sondern es gleich am Nachmittag und mitten auf der Hauptstraße versuchten. Doch es ist ihnen mißlungen. Sie haben sich in der Eile nicht danach erkundigt, daß es mein freier Tag war. Als ich die da nebenan fragte, wer das bezahlen soll, das Krankenhaus und die Verbände und das alles, sagte sie: Regen Sie sich nicht auf. Das wird die Versicherung erledigen. Ja, so sehr haben sie schon alles in der Hand. Wenn ihnen etwas mißlingt, bezahlt die Versicherung, und niemand denkt mehr darüber nach. Die da wird sagen: Unsinn! Was hören Sie sich den Unsinn an? Aber gleich, wenn Sie das Krankenhaus verlassen und nach Haus gehen, wird sie sich ans Telefon hängen und Bericht erstatten. Sie wird sagen: Vorsicht! Da ist einer, der Bescheid weiß. Dann sind Sie schon verloren. Von dem Augenblick an wird man Sie nicht mehr aus den Augen lassen. Man wird nur eine geeignete Gelegenheit abpassen, um Sie umzubringen. Man wird Sie so umbringen, daß die Polizei nichts dazu sagen kann. Ach, überhaupt die Polizei! Die merkt von all dem nichts, und vielleicht ist sie bestochen. Die von drüben wollen nämlich auch diese Seite in ihre Macht bringen, und es fehlt nicht mehr viel, dann gehorcht ihnen die ganze Stadt. Dann ist alles verloren. Es gibt nur eine Rettung für Sie: Sie müssen so tun, als ob Sie von nichts wüßten. Wenn Sie sich dumm stellen und schweigen, wird man Sie übersehen.

Ich weiß natürlich nicht genau, wie man es mit Ihnen versuchen wird, doch versuchen wird man es bestimmt. Man wird Sie hinüberlocken, das ist klar. Bilden Sie sich nicht ein, daß Sie das rechtzeitig merken. Dazu sind Sie noch zu jung, und die da drüben sind viel zu raffiniert; Sie merken es erst, wenn es zu spät ist. Vielleicht wenn Sie morgens aus dem Krankenhaus kommen und sich freuen, daß es hell wird. Oder auch in der Mittagspause, wenn Sie in der Fischbratküche gegessen haben, wo es nach dem Fett stinkt, und draußen ist die frische Luft. Oder es ist Ihnen plötzlich langweilig, in den Büchern da zu lesen. Wie soll ich das wissen? Aber das sind die Momente, die die da drüben abpassen. Glauben Sie mir, wir hören viel. Das, was wir hören, bekommen Sie hier im Krankenhaus und anderswo nicht zu hören. Manchmal gelingt es uns, einen abzufangen, den sie nach drüben locken wollen. Dann ist er wieder für einen Tag gerettet, aber nicht für lange. Die da drüben lassen nicht locker. Ich weiß auch, wie sie es machen. Ich sehe es manchmal nachmittags, wenn ich aufstehe und die Gardinen aufziehe, um nach dem Wetter zu sehen. Ich habe ein Zimmer im zweiten Stock in dem Haus, wo ich beschäftigt bin. Ich sehe, da geht einer wie Sie am Ufer auf und ab und bleibt stehen und schaut zum andern Ufer hinüber. Dann weiß ich Bescheid, was man mit ihm vorhat. Dann ist höchster Alarm. Ja, auch die Nachmittage sind gefährlich für junge Leute wie Sie. Und wir können doch nicht immer aufpassen, wir sind auch manchmal müde, oder es ist uns gleichgültig. Das müssen Sie verstehen. Und in der Nachmittagssonne sieht das alles auch so unverdächtig aus, da kann man einen jungen Mann wie Sie leicht täuschen. Er sieht die Dampfer auf dem Fluß, die vielen Barkassen und Leichter. Sie fahren hinauf und hinab, das ist lustig anzusehen, und man freut sich, daß alles in Ordnung ist und daß sie nicht zusammenstoßen, obwohl sie es eilig haben. Und auf der andern Seite hat man links und rechts von der Brücke rote Fabriken hingebaut, damit sich niemand etwas dabei denkt. Und hinter den Fabriken sieht man die schwarzen Wälder und die Hügel und das nimmt kein Ende, denkt man. Und man denkt, dort muß es schöner sein als hier. Ja, das ist es. Wir kennen den Blick, den einer hat, der lange hinübergeschaut hat, für uns ist das nichts Neues. Vielleicht ist es drüben schöner, ich komme ja selbst von dort und habe geweint. Aber lassen Sie sich nicht dadurch verlocken. Selbst wenn es hier schlechter ist, für da drüben sind Sie nicht stark genug. So stark ist keiner. Einer, der viel stärker war als Sie, hat es versucht und ist wieder zurückgekommen. Doch auch er ist krank davon geworden. Es war einer, der viel lachte, so stark war er. Er lachte die da drüben aus, sie konnten ihm nichts anhaben und mußten ihn gehen lassen. Niemand dachte mehr an ihn, auch ich hatte nie mehr an ihn gedacht. Aber die da drüben vergessen nichts. Sie gaben ihm eine fremde Krankheit mit, die man hier nicht kennt. Eine ganz langsame Krankheit, denn sie mußten sich Zeit lassen, weil er so stark war. Er wollte keinen Arzt. Er sagte: Was soll denn ein Arzt dabei tun? Auch sein Freund sagte: Das hat doch keinen Zweck. Das war vor drei Tagen. Vielleicht war es erst morgen vor drei Tagen, ich weiß nicht, wieviel Uhr es jetzt ist. Ich habe ihm die Augen zugedrückt, wie man es nennt. Ich habe nur Scherereien davon gehabt. Darum war ich auch so schlechter Laune und habe mit der Lissi meinen freien Tag getauscht und ging ins Kino. Er hieß Herr André, Sie können es jetzt ruhig wissen.

Die da haben natürlich Angst, daß ich darüber rede und daß dann auch noch jemand andres Bescheid weiß. Lassen Sie sich nicht aushorchen, ich warne Sie. Weil Sie noch jung sind, denken die, daß es nicht schwer ist, Sie auszuhorchen. Die da nebenan hat nicht viel Macht, aber gerade deshalb ist sie gefährlich. Man wird sich am Telefon jedes Wort, das Sie sagen, wiederholen lassen, glauben Sie mir. Und vor allem, wenn Sie müde sind und alles satt haben, wird man Sie verlocken. Das kennt man. Dann ist ein junger Mann wie Sie leicht zum Reden zu bringen, weil er meint, es sei drüben schöner als hier. Das sind alles nur Tricks. Das sieht nur nachmittags und in der Abendsonne so aus, als ob es da schöner sei. Auch die Fabriken, die man auf der andern Seite der Brücke hingebaut hat, sind nur ein Trick. Man hat sie absichtlich dahin gebaut, damit sich die Sonne auf den kahlen Backsteinmauern fängt. Davon sieht alles so rot aus, daß Ihnen gleich schlecht wird. Der Magen dreht sich Ihnen um. Sie können nur noch denken: Wie komme ich hier wieder heraus? Warum bin ich bloß über die Brücke gegangen? Das ist ja nicht zu ertragen. Und warum fährt der Wagen so langsam? Warum fährt er nicht schneller? Auch das ist nur ein Trick. Das Pflaster zwischen den eisernen Fabriktoren ist so holperig, daß der Wagen nicht schneller fahren kann. Es soll Ihnen erst ganz schlecht werden. Und wenn Sie die Augen zumachen, um nichts zu sehen, und wenn Sie sich die Nase zuhalten, weil Sie es nicht mehr ertragen können, wie es da nach Schwefel und Kohle und Öl und Gummi und Fisch riecht, dann sind Sie bereits verloren. Dann haben Sie schon alles vergessen, und so will man es. Denn gleich darauf beginnen die Wälder, und es ist nicht mehr rot. Es ist angenehm für die Augen. Es riecht in den Schneisen nach Tannen und Kiefern. Auch der Wagen fährt schneller, und Sie denken: Nun ist alles gut, nun bin ich gerettet. Nie wieder will ich zu diesen roten Fabriken zurück. Dann sind Sie verloren, glauben Sie mir. Neulich, das heißt, es ist schon ein Jahr her, starb eine von uns, hier in diesem Krankenhaus. Wir besuchten sie umschichtig und erzählten ihr, was bei uns los war. Um sie abzulenken, denn man hatte ihr eine Nadel in den Hals gesteckt, und es tat ihr weh. Es nützte auch nichts. Sie hatte etwas am Kehlkopf und erstickte daran. Sie hatte zu viel geraucht, wurde gesagt, aber sie war immer schon heiser. Zuletzt konnte sie nur noch flüstern, und die Kunden wunderten sich, doch sie blieb lieber bei uns. Wir gingen alle zu ihrer Beerdigung. Sie wurde verbrannt. Da im Krematorium roch es so ähnlich, wie da drüben, auch nach Tannen. Es kam von den Kränzen. Wir hatten zusammengelegt und einen großen Kranz mit einer Schleife mitgebracht. Er wurde auch mitverbrannt. Aber daß es nach Tannen und Kiefern roch, fiel mir auf. Das habe ich doch schon einmal gerochen, dachte ich. Dann dachte ich nicht weiter daran. Wir gingen Kaffeetrinken in einem Café bei dem Friedhof.

Sehen Sie, auch Herr André war doch verloren,

und das hätte ich selber nie geglaubt. Er war so viel kräftiger als Sie. Sicher müssen Sie am Essen sparen, weil Sie studieren. Das kennt man, und ich sage es nur, weil Sie gar nicht gut aussehen. Herr André aber sah aus wie das blühende Leben und lachte. Man machte sich keine Sorge um ihn, er hätte einen nur ausgelacht. Ja, so war er. Erst als sein Freund mich zu ihm in die Kneipe schickte – das war vor drei Tagen –, sah ich, daß Herr André verloren war. Deshalb erzähle ich Ihnen das. Sein Freund ist nicht so kräftig, er hat mehr Ihre Figur. Aber er lacht wie Herr André, und darum waren die beiden wohl Freunde. Und er weiß, was da drüben gespielt wird, er läßt sich nichts vormachen. Er hat großen Einfluß. Herr André hat ihm gesagt, daß er sich wohl um mich kümmern müsse, und ich sagte damals: Das ist nicht nötig, ich kümmere mich schon um mich selber. Aber ich ahnte nicht, daß man es mit der schwarzen Limousine versuchen würde. Wer denkt denn an sowas? Ich hatte Scherereien mit der Polizei, ich kam nicht zur Besinnung. Aber der Freund von Herrn André wird sich um mich kümmern, weil Herr André es ihm gesagt hat. Das sind Leute, auf die Sie sich verlassen können, bestimmt. Sie werden ihn gleich gern mögen, warten Sie nur ab. Sie werden ihn ja kennenlernen, wenn er mich abholen kommt. Er wird denen von da drüben zuvorkommen. Und die da nebenan wird erst recht nichts dagegen machen können. Auch die Polizei nicht. Die Leute haben mehr Macht als die Polizei, und Geld spielt bei ihnen keine Rolle. Warten Sie nur ab. Wir müssen aufs Telefon achten. Der Portier unten an der Annahme wird natürlich hinauftelefonieren, daß Leute da wären, um mich abzuholen. Und die da nebenan wird behaupten: Davon weiß ich nichts. Die Leute werden sie auslachen. Sie werden zu ihr sagen: ›Seien Sie doch froh, meine Beste, daß wir Ihnen die Arbeit abnehmen.‹ Vielleicht sagen sie sogar ›meine Gnädigste‹ zu ihr; das bringen die fertig. Sie sagen ganz komische Dinge, das ist ihre Art. Das Gesicht von der da nebenan möchte ich sehen; sie wird ganz konfus sein. Und man wird auch alles bezahlen; die lassen sich nichts nachsagen. Man wird fragen: ›Wieviel bitte sind wir schuldig für die eine Nacht und die ärztliche Hilfe?‹ Man wird das Geld auf den Tisch legen: ›Da bitte! So brauchen Sie sich nicht erst lange mit der Versicherung abzuplagen.‹ Immer lachend, und ehe die da nebenan begreift, was los ist, wird man mich schon mitgenommen haben. Dann wird es ein großes Herumtelefonieren geben.

Dieser Freund von Herrn André wird Ihnen gefallen. Er wird sich bei Ihnen bedanken, daß Sie hier bei mir aufgepaßt haben, warten Sie nur ab. Er wird zu Ihnen sagen: ›Nun schlafen Sie sich erst einmal richtig aus. Und wenn ich Ihnen irgendwann einmal zu Diensten sein kann . . .‹ Er ist sehr höflich. Zuerst denken Sie, daß er einer vom Zirkus ist, das habe ich auch gedacht; ich habe mich sogar über ihn geärgert. Aber er tut nur so. Man kann sich auf ihn verlassen. Wir müssen ihn nach seinem Namen fragen. Es war keine Zeit, ihn danach zu fragen. Ich wußte, daß er ein Freund von Herrn André war, darum fragte ich nicht.

Wenn man hinterher darüber nachdenkt, ist das alles sehr komisch. Ich meine, es ist komisch, daß ich mich nach ihm richtete; denn ich wußte ja nicht, daß er ein Freund von Herrn André war. Er berührte mich am Ellbogen und sagte: ›Da drinnen wartet jemand auf Sie.‹ Er zeigte auf die Kneipe, vor der ich stand. Wenn jemand, den Sie nicht kennen, so etwas zu Ihnen sagt, tun Sie es doch nicht einfach. Aber ich tat es; ich ging sofort in die Kneipe, um nachzusehen, wer da auf mich wartete. Ja, das ist sehr komisch, und wenn ich geahnt hätte, was für Scherereien ich mir aufhalste, wäre ich nie hineingegangen. Und wer dachte denn an Herrn André? Ich nicht, ich bestimmt nicht. Aber ich erkannte ihn sofort, obwohl er sich sehr verändert hatte. Er war zusammengeschrumpft, das Gesicht und alles. Auch sein Anzug.

Es war ein sehr teurer Anzug, sehr feiner Stoff, aber ganz verbeult und voller Flecken. Wirklich eine Schande, wie Herr André damit umgegangen war. Auch das Futter war sehr fein, das fühlte man noch, aber unter der Achsel war es ausgerissen und in der rechten Jackentasche war ein Loch, so daß das Kleingeld und alles hindurchfiel. Das merkte ich erst später, als ich den Zettel mit der Adresse seines Freundes suchte. Herr André sagte, der Zettel müsse da sein, er habe ihn manchmal knistern hören, doch ich konnte ihn nicht finden, ich sagte immer wieder: ›Da ist kein Zettel, Herr André. Schlagen Sie sich das aus dem Kopf.‹ Aber schließlich fand ich ihn unten im Jackensaum; er war durch das Loch des Taschenfutters gerutscht. Das war später, als ich Herrn André endlich im Bett hatte. Ich überlegte auch, ob ich das Futter annähen sollte. Zeit genug hatte ich. Ich hätte mir den Nähkasten der Martha aus der Küche holen können. Sie hat einen Nähkasten mit drei Etagen, wenn man ihn aufklappt; man muß aufpassen, sonst klemmt man sich die Finger. Wir haben auch eine Schnellreinigung in der Nähe, da hätte man den Anzug wenigstens aufbügeln lassen können. Denn so durfte Herr André nicht länger damit herumlaufen. Ich fragte ihn deswegen auch. Er lag mit offenen Augen da; ich war froh, daß ich ihn endlich im Bett hatte. Doch er sagte: ›Laß nur.‹

Da hängte ich den Anzug hinter den Vorhang ans Fensterkreuz, damit er etwas auslüftete.

Nachher hat die Polizei den Anzug mitgenommen. Man wird ihn da wohl untersucht haben. Das tun sie immer. Aber außer Fettflecken werden sie nichts gefunden haben. Das hätte ich ihnen vorher sagen können, doch unsereinem glaubt man ja nicht. Ach, und wie sie mich auf der Polizei ausgequetscht haben! Ich bekomme jetzt noch die Wut. Sie sagten zu mir: ›Wenn Sie frech werden, Fräulein, behalten wir sie gleich hier.‹ Ich sagte ihnen trotzdem meine Meinung, das dürfen Sie mir glauben, aber was für Scherereien! Auch die Madam hat mir Vorwürfe gemacht, und die andern Mädchen sahen mich schief an. Mit der Madam kommen wir sonst gut zurecht, sie nimmt immer unsere Partei, aber wenn sich die Polizei dazwischenmischt, ist es natürlich aus. Die Madam muß es dem Chef mitteilen, und der Chef hatte gedroht, daß er mich rausschmeißen würde; denn eine, die mit der Polizei zu tun hat, kann man nicht brauchen, das ist klar. Wir kennen den Chef gar nicht; das ist auch so einer, der nur telefoniert. Vielleicht ist er gar kein Mann, sondern eine Frau. Wir haben die Madam gefragt und sie sagt: ›Der Stimme nach ist es ein Mann.‹ Doch vielleicht telefoniert der Chef nicht selber, sondern nur ein Angestellter. Wie soll man das wissen? Er ruft immer nachts an und erkundigt sich nach dem Geschäft und ob viel Kundschaft da sei. Das Telefon steht auf dem Büfett im Salon. Wenn es läutet, geht die Madam hin und sagt ihm, daß alles in Ordnung ist. An der Art, wie sie das ins Telefon flötet, merken wir, daß es der Chef ist. Mit der Polizei stehen wir uns sonst gut. Wenn man sich ordentlich benimmt, sagt einem keiner etwas. Die Polizisten nicken uns zu, wenn sie ihre Runde machen. Sie kennen uns und wir kennen sie; wir sind ja in derselben Gegend beschäftigt. Es sind nette Leute, sie sind verheiratet und haben ihr Zuhause. Aber wenn irgend etwas los ist, müssen sie natürlich gegen uns sein. Das ist ihr Beruf. Sonst verlieren sie ihre Stellung.

Mich schleppten sie auf die Wache, weil sie meinten, ich hätte Herrn André Geld weggenommen. Das ist immer das erste, was sie denken. Und es kommt ja auch vor, das ist wahr. Oft ist der Kunde betrunken und schläft ein, dann kann man seine Taschen durchsuchen und ihm Geld wegnehmen. Er weiß ja gar nicht, wieviel Geld er gehabt hat. Es kann ihm ja schon vorher weggekommen sein. Oder er hat es versoffen. Oder er lügt und hat überhaupt kein Geld gehabt. Viele geben nur an, das kennt man. Die Polizei muß dann nachforschen, wenn es Geschrei gibt. Viel kommt nicht dabei heraus, aber wir haben immer den Ärger davon, und das Geschäft kann darunter leiden. Der Chef hat sogar einen Anwalt. Nicht für uns, er kennt uns ja gar nicht, sondern für das Geschäft.

Mir konnten sie nichts nachweisen, aber ich war sehr beleidigt. Herr André hatte genug Geld bei sich, er trug es lose in der Tasche seines Regenmantels, die Scheine waren ganz zusammengeknautscht. Wirklich, eine Schande. In der Brieftasche war nichts, nicht ein einziger Schein. Selbstverständlich habe ich die Brieftasche durchgesehen; ich war dafür verantwortlich. Ich wollte auch wissen, wer er war und wer seine Leute waren. Vielleicht hieß er gar nicht Herr André. Wir nannten ihn damals so, weil er damals so hieß. Aber in den Listen, die die Polizei hat, hieß er vielleicht ganz anders. Zu uns kommen die meisten nicht mit ihren richtigen Namen. Sie nennen sich Schmidt oder Meier, und wir nennen sie Schatz oder Liebling, das genügt. Was geht uns ihr Name an? Doch Herrn André hätte niemand ›Schatz‹ genannt. Darum hieß er wohl auch wirklich Herr André. Und es ist ja ein seltener Name.

Von dem Geld im Regenmantel nahm ich nur, was nötig war, und bezahlte damit, was zu bezahlen war. Den Rest steckte ich immer gleich zurück. Die Scheine strich ich vorher glatt und legte sie der Größe nach aufeinander. Ich konnte es nicht ansehen, wie er damit umgegangen war. Er war eben sehr krank, das müssen Sie verstehen. Auch wollte ich wissen, wieviel Geld noch übrig war. Es durfte nichts davon wegkommen. Der Martha zum Beispiel traute ich nicht, obwohl ich sie sonst gern habe; aber sie ist sehr auf Geld aus. Und ihrem Neffen, diesem kleinen Gauner, traute ich schon gar nicht. Ich hatte den Regenmantel in die Nische zwischen dem Kleiderschrank und der Wand gehängt, damit man ihn nicht als erstes sah. Auf der Polizei fragten sie mich, warum ich den Mantel da versteckt hätte. Ich sagte ihnen, weil ich dafür verantwortlich war und man mir nichts nachsagen soll. Die Idioten glaubten mir nicht. Ich sagte ihnen auch, daß ich alles aus eigener Tasche bezahlt hätte, wenn kein Geld dagewesen wäre. Und das hätte ich wirklich getan, weil ich Herrn André doch kannte. Sein Freund hätte es mir nachher bestimmt wiedergegeben. Ja, er fragte, ob ich Auslagen gehabt hätte, doch ich wollte nichts haben, auch für meine verlorene Zeit nicht. Ja, so sind diese Leute. Denken Sie bitte mit daran, daß wir Herrn Andrés Freund nachher nach seinem Namen fragen. Ich bin in letzter Zeit etwas vergeßlich. Vielleicht liegt es an dem Zeug, das man mir eingespritzt hat, denn ich habe sonst ein gutes Gedächtnis. Ich hatte auch alles im Kopf, was ich für Herrn André bezahlt hatte, jeden Pfennig. Ich rechnete der Polizei alles vor. Die Miete für das Zimmer, denn die Martha wollte die Miete natürlich vorher haben, das ist klar. Dann der Botenlohn für den Neffen. Ich kann den Bengel nicht leiden, das sagte ich der Polizei auch. Ich habe ihm für die kleine Fahrt viel zuviel bezahlt, das ärgert mich jetzt noch. Aber da es Herrn André schlecht ging, wollte ich mich nicht lange herumstreiten. Der Bengel wird schon eines Tages seine Strafe bekommen, das sagte ich der Polizei. Es wäre auch noch genug Geld für einen Arzt dagewesen. Natürlich wäre es teuer gewesen; so spät nachts kommen die Ärzte nicht gerne. Doch Herr André wollte keinen Arzt. Er sagte, als er da im Bett lag: Nimm dir doch, was du brauchst. Du vertrödelst hier deine Zeit. Ja, und das ist wahr, ich hätte unterdessen verdienen können. Die Madam schalt mich nachher aus, ich sei dumm, sagte sie, und dazu wäre ich nicht da. Ich habe sie und die andern Mädchen dann nachmittags zum Kaffee eingeladen. Es war recht gemütlich. Ich ließ eine Torte mit Schlagsahne kommen; die Madam ißt gern Schlagsahne, sie ist sehr dick. Da haben wir uns über alles unterhalten, aber trotzdem blieb ich schlechter Laune. Es stimmt, ich habe von meinem Geld zugesetzt, wenn man es genau bedenkt. Dabei wäre es den Leuten nicht darauf angekommen, wenn etwas von ihrem Geld gefehlt hätte. Aber so ist es eben, immer hat man uns in Verdacht.

Sie haben mich auch gefragt, ob ich Herrn André schon von früher her kenne. Was sollte ich ihnen das erzählen; es ging sie nichts an. Ich sagte: ›Mag sein, zu mir kommen viele.‹ Da fragten sie nicht länger. Sowieso war es ein Wunder, daß ich Herrn André sofort wiedererkannte. Er hätte ebensogut längst tot sein können, das war nicht meine Sache. Aber er war nicht tot, ich erkannte ihn sofort. Er war nicht gut rasiert, und der Schlips hing ihm wie ein Strick um den Hals. So als ob Herr André tagelang in seinem Anzug geschlafen hätte, und das hatte er vielleicht auch getan. Das kennt man, das sind wir bei den Männern gewohnt. Sie stecken sich Geld in die Tasche, wenn es ihnen zu Haus zu langweilig wird, und treiben sich so lange bei uns herum, bis das Geld alle ist. Doch mit Herrn André war es nicht so, das sah ich gleich. Er saß ganz hinten in der Ecke der Kneipe an einem Tisch und hatte nicht mehr die Kraft, allein wegzugehen. Es saßen auch andere Leute am Tisch, aber sie achteten schon nicht mehr auf ihn, und auch er achtete auf nichts. Er wäre da einfach sitzen geblieben und gestorben, wenn ich nicht gekommen wäre. So etwas gibt es. So beugte ich mich über den Tisch und die Leute und fragte: ›Geht es Ihnen nicht gut, Herr André?‹ Ich sagte es leise wegen der anderen, die am Tisch saßen. Ich hätte nicht leise zu reden brauchen, es war viel zuviel Krach in der Kneipe. Es ist immer sehr laut da. Aber Herr André hörte mich trotzdem. Die am Tisch mit ihm saßen, waren keine Bekannten von ihm, das sah ich natürlich; er war nicht mit ihnen dahin gekommen, er hatte wohl schon vorher da gesessen. Er nahm so wenig Platz in seiner Ecke ein, daß sie ihn schon ganz vergessen hatten. Manche von ihnen kannte ich, da sie oft in dem Lokal waren, und die, die ich nicht kannte, gehörten zu derselben Sorte. Sie meinten, Herr André sei ein Kunde von mir und wir wären dort verabredet, und ich wollte, daß er mit mir gehen solle. Deshalb wunderten sie sich nicht, daß ich ihn anredete. Man stört ein Mädchen nicht dabei, wenn sie einen Kunden anredet. Das tut niemand, es gibt sonst Streit. Ich war selber erstaunt, daß er dort saß und daß ich ihn wiedersah. Ich war sogar erschrocken. Nicht weil es ihm schlecht ging, sondern weil ich überhaupt nicht mehr an ihn gedacht hatte. Darauf war ich nicht gefaßt. Deshalb redete ich ihn auch mit ›Herr André‹ an, es kam mir so über die Lippen. Das tut man sonst nicht; man nennt keine Namen, auch wenn man ihn zufällig weiß. Es ist den Kunden unangenehm, und auch wegen der Konkurrenz. Man sagt einfach ›Mein Kleiner‹ oder dergleichen. Doch gerade so war es richtig, daß ich ihn mit ›Herr André‹ anredete, sonst hätte er gar nicht auf mich gehört und wäre nicht mit mir gegangen. Und wie hätte ich ihn denn auch anreden sollen? Ich kannte ihn ja nur mit diesem Namen. Er fiel mir ganz von selbst wieder ein, als ich Herrn André dort sitzen sah. Und als ich den Namen aussprach, erschrak ich natürlich. Ich mußte an früher denken, an meine Herrin und alles, und das war nicht gut; daran wollte ich nicht mehr denken und hatte auch nie mehr daran gedacht. Darum erschrak ich. Der Polizei habe ich kein Wort davon gesagt, das darf man nicht, und es geht die Polizei auch nichts an. Ich habe am nächsten Tag in der Zeitung nachgesehen, ob etwas über Herrn André darin stand, doch es stand nichts darin. Seine Leute haben großen Einfluß, die Zeitung wird es nicht wagen, darüber zu schreiben. Und was gab es da auch viel zu schreiben? Es war einer gestorben, an irgendeiner Krankheit; er war nicht ermordet, und Geld war ihm auch nicht fortgenommen. Es war ganz uninteressant für die Zeitung. Die Leiche hat man schnell aus unserer Gegend fortgeschafft; es war ihnen peinlich, daß es bei uns passiert war. Und auch ich will nicht, daß darüber geredet wird. Ich kann es mir nicht leisten, daß man auf mir herumhackt. Ich erzähle es nur Ihnen, weil Sie jung sind und um Sie zu warnen. Aber wenn Sie es weitersagen, sind Sie in großer Gefahr.

Vielleicht bilde ich es mir auch nur ein, daß Herr

André mich gleich wiedererkannte. Vielleicht wäre er mit jeder fortgegangen, die sich um ihn kümmerte, auch wenn sie ihn nicht mit Herr André angeredet hätte. Woher sollte er mich noch kennen? Ich war damals ganz unwichtig für ihn gewesen. Und es war reiner Zufall, daß ich ihn dort in der Kneipe fand, das kann ich beschwören. In das Lokal komme ich öfters, das ist wahr, und man kennt mich da. Es ist ja auch nur eben um die Ecke von der Straße, wo wir arbeiten. Es ist kein feines Lokal, ich kann es Ihnen nicht empfehlen; es wäre Ihnen da viel zu laut. Aber es findet sich da immer Kundschaft, darum schauen wir da alle nach. Doch in der Nacht, als ich Herrn André fand, war ich noch auf der Straße; es war noch viel zu früh, um sich in der Kneipe nach Kundschaft umzusehen. Das tue ich nur, wenn ich zu wenig Verdienst habe. In der Kneipe sind sie meistens schon betrunken, und mit Betrunkenen hat man Ärger. Sie laufen einem wieder fort oder wollen nicht zahlen oder machen Krach. Am leichtesten hat man es mit denen, die nur ein klein wenig getrunken haben. Am Anfang sind die in der rechten Stimmung.

Ja, es war wirklich nur ein Zufall, daß ich mich darauf einließ. Ich könnte mich selber dafür ohrfeigen. Schließlich bin ich nicht neu im Beruf; unsereiner darf sich auf so etwas nicht einlassen, das hätte ich wissen können. Der Chef hat ganz recht, wenn er mir durch die Madam Vorwürfe machen ließ. Aber es ist ja noch glimpflich abgelaufen. Nur die Schereien! Schuld hat dieser Mann. Ich meine den Freund von Herrn André. Ich war sehr wütend auf ihn; ich wollte ihm sagen: ›Was haben Sie mir da eingebrockt? Wie stellen Sie sich das vor? Verschwinden Sie gefälligst! Und lassen Sie sich besser nicht noch einmal in unserer Gegend sehen, sonst kann ich für nichts garantieren.‹ Doch als es soweit war, war es zu spät. Es ist auch ein so freundlicher Mann.

Er stand plötzlich auf der Straße bei mir und berührte mich leicht am Ellbogen. Wieso er plötzlich da war, weiß ich heute noch nicht. Das ist sehr komisch, wenn man darüber nachdenkt; denn unsereiner steht mit offenen Augen auf der Straße, und so leicht entgeht uns nichts. In unserm Beruf darf man nicht träumen, sonst kommt man zu nichts. Ich fuhr natürlich herum, als mich jemand berührte, doch er sagte einfach zu mir: ›Da drinnen wartet jemand auf Sie‹, und zeigte mit dem Kopf auf das Lokal. Aus der Tür kam Lärm wie immer, das Geschrei der Leute drinnen und der Krach von der Musikmaschine vorn bei der Theke. Bei den Stufen, die zum Eingang führen, standen Leute herum, die noch überlegten, ob sie hineingehen sollten. Es stehen da immer Leute herum, auch Ausländer, die sich das ansehen wollen. In unsere Gegend kommen viele Fremde. Sie meinen, bei uns ginge es wild her wie im Kino, deshalb sind sie ängstlich. Das ist zum Lachen, denn bei uns geht es sehr ordentlich zu. In unserm Beruf muß man auf Ordnung halten, sonst ist rasch Schluß mit einem. Doch das wissen die Fremden nicht. Sie bringen viel Geld in die Gegend.

Es hätte ja sein können, daß wirklich da drinnen jemand auf mich wartete, ein Kunde von mir, und er hatte diesem Mann gesagt, daß er mir Bescheid sagen soll, wenn er mich auf der Straße sähe. So etwas kommt vor, und ich habe ja auch feste Kundschaft. Doch als ich mich umdrehte, um den Mann zu fragen, war er schon auf der anderen Straßenseite und ging in der Richtung zum Hafen. Das alles ist komisch, ja. Auch daß er mich mit ›Sie‹ anredete, ist komisch. Das hätte mir gleich auffallen müssen. Auf der Polizei sagt man natürlich ›Sie‹ zu uns; das müssen sie da tun, sie dürfen nicht zu vertraulich mit uns sein, auch wenn sie uns vom Ansehen kennen. Aber auf der Straße! Ich kann es beschwören, der Mann sagte: ›Da drinnen wartet jemand auf Sie.‹ Er sagte auch später ›Sie‹ zu mir, als ich ihn holen ließ und wir da in dem Zimmer bei der Martha zusammen warteten. Herr André sagte natürlich ›Du‹ zu mir, aber das ist eine andere Sache; Herr André kannte mich ja von früher. Und bestimmt hätte ich auch nie auf diesen Mann gehört, das dürfen Sie mir glauben, und mich auf alles eingelassen, wenn er mir nicht schon vom Ansehen bekannt gewesen wäre. Dadurch hat er mich überrascht. Das wäre ja lachhaft, auf einen Wildfremden zu hören. Vom Ansehen kennen ihn nämlich die meisten bei uns, auch die Älteren. Es wird sogar über ihn gesprochen. Wenn eine von uns ihn gesehen hat, heißt es: ›Ach der! War er auch mal wieder hier?‹ Das ist alles. Weiter interessiert uns das nicht, denn er gehört nicht zur Kundschaft. Auf den Gedanken ist noch niemand gekommen, auch die nicht, die sonst frech und aufdringlich sind. So etwas weiß man, ich kann Ihnen nicht sagen, woher. Man weiß es eben. Und es war auch nicht deshalb, weil er einer von denen war, die nichts mit Frauen zu tun haben mögen und in den Kneipen um die Ecke verkehren, wo nur Männer sind. So etwas merken wir sofort. Aber natürlich haben wir trotzdem über ihn geredet, wenn auch nicht viel. Wir reden über alles, was uns auffällt, wir sagen uns gegenseitig Bescheid. Es gibt sehr unangenehme Leute, von denen man besser die Finger läßt. Man sieht es ihnen nicht gleich an, äußerlich sehen sie wie alle andern aus. Erst neulich wurde eine von uns ermordet, vielleicht haben Sie es in der Zeitung gelesen. Sie war nicht aus unserm Viertel, sie war auch schon etwas älter. Man hat sie auf dem Baugelände am Ende der Hauptstraße erdrosselt. Die Arbeiter fanden sie da morgens. Aber den Kerl hat die Polizei natürlich nicht gefunden, obwohl wir ihn genau beschrieben haben. Darum ist es gut, wenn man Bescheid weiß. Und selbstverständlich fällt es uns sofort auf, wenn jemand manchmal in unsere Gegend kommt und will nichts von uns. Dann fragen sich alle: Was sucht der hier? Was hat er vor? Er kann ja auch von der Polizei sein, und das muß man wissen. Auch von dem Freund von Herrn André meinten einige, er sei von der Polizei. Das war natürlich Unsinn. Die von der Polizei erkennt man gleich; auch wenn sie einen Neuen schicken, wissen wir das schon in derselben Nacht. Das bleibt nicht geheim. Man erkennt es an der Kleidung und daran, wie sie sich benehmen, und weil sie nicht auffallen wollen. Und dieser Mann kam nur ganz unregelmäßig in unsere Gegend. Manchmal hatte man ihn schon völlig vergessen, und dann hieß es plötzlich wieder, daß jemand ihn gesehen hätte. Die, die ihn für einen von der Polizei hielt, meinte das auch nur, weil er so leise war, und das ist wahr: er ging anders als die Menschen es gewöhnlich tun, das fiel einem zuerst auf. Doch vielleicht hatte er nur Gummisohlen. Darum meinte eine andere, er sei ein Spion; denn die bekommen viel Geld, sagte sie, und können sich fein anziehen. Wir lachten sie aus. Was soll denn ein Spion bei uns? Wir haben nichts mit Politik zu tun. Und eines Nachmittags behauptete eine andere: ›Nun weiß ich, wer er ist.‹ Sie tat sich sehr wichtig; sie hielt sich für klug, dabei wußten alle, wie dumm sie war. Aber wir waren trotzdem gespannt. Wir dachten, er hätte sich doch vielleicht mit ihr abgegeben, und daher wüßte sie es. Sie sagte: ›Bestimmt, ihr könnt Gift darauf nehmen. Er ist der Chef. Er kontrolliert uns.‹ Wir lachten sie aus, doch sie bestand darauf, und es gab Streit zwischen zwei Mädchen. Über solche Dinge reden wir nachmittags, bevor der Betrieb losgeht, dann sind alle noch schlechter Laune, und es gibt leicht Streit. Die beiden schütteten sich gegenseitig Kaffee ins Gesicht und über die Kleider. Wir mußten sie auseinanderbringen. Was für ein Unsinn. Es lohnt nicht, davon zu sprechen.

Doch ich habe selber eine Zeitlang gedacht, daß dieser Mann vielleicht zum Zirkus gehört. Oder in ein Kabarett, wo man die Leute zum Lachen bringt. Ich dachte das, weil so einer nämlich einmal bei uns gewesen war. Er schenkte uns auch Eintrittskarten für den Zirkus oder für seine Vorstellung. Einige Mädchen gingen nachmittags hin und sahen es sich an. Es stimmte also, er war wirklich so einer. Lange Zeit kam er regelmäßig zu uns, doch jetzt nicht mehr. Er ist wohl in eine andere Stadt gezogen. Solche Leute ziehen viel herum. Er war ein fester Kunde von einem der Mädchen, doch wenn er bei uns im Salon war, brachte er uns alle zum Lachen. Er stolperte immer schon auf der Schwelle und fiel beinahe hin. Wenn er das Gleichgewicht wiederhatte, sah er sich ganz erstaunt nach der Schwelle um. Natürlich tat er nur so, aber wir mußten lachen. Und wenn er am Tisch saß und den Arm auf die Tischplatte stützen wollte, rutschte er jedesmal mit dem Ellbogen von der Tischkante ab und kippte beinahe vom Stuhl. Dann betrachtete er den Ellbogen und den Tisch, und obwohl wir doch wußten, daß er es absichtlich tat, gab es immer großes Gelächter, weil er dabei ein so ernstes Gesicht machte. Wir fragten auch das Mädchen: ›Wie ist es denn, wenn er mit dir zusammen ist? Fällt er dann aus dem Bett?‹ In Wirklichkeit war er natürlich gar nicht so ungeschickt, und darum haben solche Leute auch einen besonderen Gang. Sie müssen vorsichtiger sein als wir, damit sie nicht wirklich stolpern, weil es ja nur so aussehen soll, als ob sie stolpern. Sie fühlen, glaube ich, mit dem Fuß vorher genau hin, bevor sie auftreten; sie treten mit der Hacke auf und rollen auf dem Fuß leicht nach vorn. Ja, und so ähnlich ging auch der Freund von Herrn André, darum meinte ich, er wäre vom Zirkus. Ich sagte es ihm nachher auch, doch er lachte mich aus. Auch Herr André lachte, als er es hörte. Er machte sich über seinen Freund lustig.

Von Herrn André war ja da auf der Straße auch nicht die Rede. Ich hatte doch keine Ahnung, daß dieser Mann ein Freund von ihm war. Nachher, als Zeit war, habe ich ihn gefragt, woher er Herrn André kennt. Ich fragte ihn, weil wir sonst nichts zu reden hatten. Wir warteten zusammen. Er hat es mir auch gesagt, sicher, doch ich habe nicht genau hingehört, ich war zu konfus, um das alles im Kopf zu behalten. Vielleicht sind die beiden miteinander verwandt, ich glaube, er sagte so etwas. Vielleicht sahen sie sich sogar ähnlich, es kommt mir jetzt so vor, wenn ich daran denke. Doch das kann auch nur Einbildung sein, denn Herr André war viel größer und schlanker, ich kenne ihn doch sehr genau. Und der andere war untersetzt, wie man es nennt, und vielleicht sahen sie sich auch gar nicht ähnlich. Vielleicht stammen sie nur aus derselben Gegend, denn von hier stammen sie nicht, das merkt man gleich. Wenn sie sprachen, glaubte man zuerst immer, sie meinten es anders und machten sich lustig, darin waren sie sich gleich, aber sie meinten es ernst, nur daß man es nicht gleich begriff. Zuerst ärgert man sich sogar, aber Sie dürfen sich nicht ärgern, wenn es Ihnen auch so geht, darum erzähle ich es Ihnen.

Wenn ich nur den Namen des Freundes von Herrn André wüßte! Sein Name und die Adresse standen auf dem Zettel, den ich in Herrn Andrés Jacke fand. Es war ein kleines Hotel in der Innenstadt, glaube ich, aber welches Hotel, weiß ich nicht. Und warum der Freund in einem Hotel wohnt und kein Zuhause hat, weiß ich auch nicht. Ich war so froh, daß ich den Zettel endlich gefunden hatte und nach jemandem schicken konnte, der Herrn André half, denn mir war die Verantwortung zu groß und einen Doktor durfte ich nicht holen, das hatte Herr André verboten –, so froh war ich, daß ich den Zettel gar nicht erst ansah und was darauf geschrieben war. Ich wußte nicht einmal, daß es derselbe Mann war, der auf der Straße zu mir gesagt hatte: ›Da drinnen wartet jemand auf Sie.‹ Der Gedanke kam mir nicht. Ich dachte, es wäre einer von Herrn Andrés Angehörigen, denn er hatte doch sicher Angehörige, meinte ich, die sich um ihn kümmern würden. Ich gab den Zettel einfach dem Neffen von der Martha, und der Bengel hat ihn dann behalten oder weggeschmissen. Ich hatte schon Mühe genug, ihn zu überreden, daß er die Besorgung machte und den Freund holte; es war ja spät nachts, und der Bengel hatte schon geschlafen. Ich gab ihm natürlich Geld für die Fahrt und alles, von Herrn Andrés Geld. Ich kann Ihnen nicht sagen, wieviel Ärger ich damit hatte. Drinnen im Zimmer lag Herr André und konnte mir unter den Händen wegsterben. Es durfte keine Minute vertrödelt werden, und statt dessen mußte ich mich in der Küche mit der Martha und ihrem Neffen herumstreiten. Vielleicht ist er gar nicht ihr Neffe, vielleicht sagt sie das nur so, aber das geht mich nichts an.

Als dann der Mann wirklich kam, wunderte ich mich nicht einmal, daß es der war, der mich in die Kneipe geschickt hatte, es kam mir selbstverständlich vor. Ich war froh, daß endlich jemand da war, auf den man sich verlassen konnte. Denn die Martha, bei der ich Herrn André untergebracht hatte, ist zu nichts zu gebrauchen. Sie ist so mißtrauisch. Sie durfte nicht einmal wissen, daß es Herrn André schlecht ging, sonst hätte sie mir das Zimmer nicht vermietet. Sie will natürlich keine Scherereien haben, das kann man verstehen. Sie hat vier Zimmer. Sie vermietet sie an Paare, für eine Stunde oder auch für die ganze Nacht, wie es gerade kommt. Wir Mädchen haben nichts mit ihr zu tun, wir haben ja unser Zimmer bei uns im Haus, wo wir arbeiten, aber wir kennen die Martha natürlich. In unserer Gegend kennen wir uns alle. Die Martha ist eine ordentliche Frau, schon älter als wir. Sie ist auch verheiratet gewesen, heißt es, doch über ihren Mann weiß ich nichts, sie redet nicht davon. Er wird wohl im Gefängnis sitzen. Als ich in der Nacht mit Herrn André zu ihr kam und ein Zimmer haben wollte, wunderte sie sich natürlich; es kam ihr gleich verdächtig vor, daß ich zu ihr kam und den Mann nicht mit zu mir genommen hatte. Sie meinte, Herr André sei ein Kunde von mir, und weil er sich vor der Polizei verstecken mußte, hätte ich ihn zu ihr gebracht. Ich konnte ihr das kaum ausreden. Und mit der Polizei will sie natürlich nichts zu tun haben, das ist klar. Es beunruhigt die andern Gäste und schadet dem Geschäft. Ich durfte ihr nicht einmal verraten, daß Herr André krank war, dann hätte sie uns erst recht kein Zimmer vermietet. Wie soll man einen Kranken wieder loswerden? Man muß das Krankenhaus anrufen oder die Unfallstation, das ist genauso schlimm wie die Polizei. Zum Glück ist es da nicht hell bei ihr im Treppenhaus und auf ihrem Flur. Es sind absichtlich nur ganz schwache Birnen eingedreht, denn die Leute wollen nicht gern wiedererkannt werden. Da Herr André sehr schwach war und sich an die Wohnungstür lehnte, und ich hatte ihn untergefaßt, damit er mir nicht im letzten Moment noch umkippte, hielt sie ihn für betrunken. So mußte ich ihr mehr für das Zimmer bezahlen als üblich, obwohl mich das sehr ärgerte; es war unrecht von ihr, mich hochzunehmen, ich bin doch eine gute Bekannte von ihr. Aber sie ist sehr auf

Geld aus, das wußte ich. Sie ist nicht schlecht, das will ich nicht damit sagen; ich komme sonst gut mit ihr aus, nur daß sie immer über die teuren Zeiten jammert. Dabei ist sie ziemlich dick und sieht nicht verhungert aus. Ich glaube, sie hat sich schon allerhand zurückgelegt für ihr Alter und für den Neffen. Als dann später der Freund von Herrn André auch noch kam, wollte sie wieder Schwierigkeiten machen, obwohl der Bengel ihn doch geholt hatte, und ich hatte ihn dafür bezahlt. Sie war selbst dabeigewesen, als wir in der Küche deswegen verhandelten, sie wußte also, daß noch jemand kommen würde. Sie machte auch nur Schwierigkeiten, um noch mehr Geld dabei herauszuschlagen. Ich hätte sie vor Wut beinahe auf dem Korridor angeschrien, so nervös war ich schon. Doch dem Freund von Herrn André kann man nicht widerstehen. Er kam einfach herein, als ob nichts wäre, und nickte der Martha wie einer alten Bekannten zu. Ich glaube, er klopfte ihr sogar auf die Schulter und fragte sie, wie es ihr gehe. Da war die Martha so verwundert, daß sie nichts machen konnte. Wahrscheinlich hat er ihr doch noch Geld gegeben, wieviel konnte ich in der Dunkelheit nicht sehen. Ich machte ihm Vorwürfe, denn die Martha hatte schon viel zuviel bekommen, doch er wollte es mir nicht gestehen, wieviel er ihr gegeben hatte; er winkte nur mit der Hand ab. Als dann in den Morgenstunden meine Herrin auch noch kam, war die Martha schon ganz machtlos; denn daß meine Herrin kam, war wirklich eine Überraschung für sie. Wir im Zimmer wußten es und warteten darauf, doch die Martha konnte es nicht wissen, und solche Damen wie meine Herrin brauchen kein Zimmer bei der Martha zu mieten, sie würden sich davor ekeln. Meine Herrin beachtete die Martha auch gar nicht. Auch mich beachtete sie überhaupt nicht, obwohl sie mich von früher kannte. Ich war Luft für sie. Erst ganz zum Schluß sagte sie, und das sagte sie nicht einmal zu mir, sondern zu Herrn Andrés Freund: ›Die Kleine da kann ihm die Augen zudrücken‹, sagte sie. Die Kleine! Ich lüge Ihnen nichts vor, sie sagte ›Die Kleine‹ und sah nicht einmal zu mir hin. Ja, so ist sie. Nehmen Sie sich nur ja vor ihr in acht. Ihnen imponiert das vielleicht, weil Sie noch jung sind. Auch mir hat es früher imponiert; ich habe meine Herrin angebetet wie so ein dummes Schulmädchen. Doch damit ist es aus. Und nun nennt sie mich: ›Die Kleine da.‹ Sicher, ich bin kleiner als sie, das stimmt, aber das ist nicht der Grund, weshalb sie es sagte. Als sie endlich kam, rauschte sie einfach an der Martha vorbei. Die Martha war so verblüfft, daß sie die Wohnungstür offenließ und wie ein Hündchen hinter meiner Herrin herlief. Zum Lachen, wenn man daran denkt, aber damals lachte keiner von uns. Und wie elegant meine Herrin war! Das Seidenfutter ihres Mantels und ihr Rock rauschten, als sie über den Flur ging. Sie war in der schwarzen Limousine gekommen. Der Wagen hielt unten vor der Haustür; der Motor war nicht abgestellt, so eilig hatte meine Herrin es. Und da die Wohnungstür offengeblieben war, gab es etwas Wind, und Herr André im Bett merkte es, er wachte davon auf und öffnete die Augen, um nachzusehen, warum es plötzlich zog.

Das war ganz zum Schluß, als schon alles vorbei war. Nur die Scherereien mit der Polizei waren noch zu überstehen. Der Freund von Herrn André sagte, er werde schon dafür sorgen, daß mir nichts passiere, aber die Schererei mit der Polizei konnte er wohl doch nicht verhindern. Warum ist gerade mir das passiert? Ich war doch ganz zufrieden und war auch immer sehr ordentlich. Das wird Ihnen jeder bei uns bestätigen, wenn Sie sich danach erkundigen wollen. Ich habe nie mit der Polizei zu tun gehabt; Sie können in den Listen nachsehen; denn man führt dort Listen über uns. Einige von uns trinken zu viel und es wird auch gestohlen, das ist wahr. Wir sind selber dagegen, wenn so etwas vorkommt, denn es schadet uns allen. Manchmal benimmt sich auch eine nicht so auf der Straße, wie es sich gehört. Aber mir hat man nie Vorwürfe machen können. Ich verdiente genug und wollte nicht mehr. Es lohnt sich auch nicht, darüber nachzudenken, man ärgert sich noch nachträglich. Ja, man ärgert sich dann sogar noch mehr, denn als es soweit war, hatte ich keine Zeit, mich zu ärgern. Die letzten beiden Tage war auch viel Betrieb, so daß ich nicht zum Nachdenken kam. Erst heute, und weil ich mit der Lissi meinen freien Tag getauscht habe, dachte ich darüber nach. Ich habe selber schuld. Die Lissi wollte gar nicht tauschen, ich mußte sie überreden, erst da fiel ihr die Geburtstagsfeier ein, zu der sie eingeladen war; sie wäre sonst nicht hingegangen. Ich brauchte meinen freien Tag gar nicht, ich hätte darauf verzichten sollen. Aber das fiel mir erst ein, als ich mir die Läden besah und überlegte, was ich anfangen sollte. Viele von uns haben Bekannte in der Stadt, die sie besuchen und mit denen sie sich verabreden können. Aber ich habe keine Bekannten hier, darum ging ich ins Kino. Und das Kino ist auch daran schuld. Besser, ich wäre nicht hineingegangen, aber was sollte ich denn mit meinem freien Tag anfangen? Man will doch auch einmal etwas anderes sehen. Und ich sah das große Reklamebild über dem Eingang des Kinos. Eine Frau mit einem traurigen Gesicht, eine Amerikanerin. Sicher ist das Bild noch da, wenn Sie es sehen wollen, doch Sie müssen bald hingehen, denn morgen wechseln sie mit dem Programm. Eine berühmte Schauspielerin, glaube ich, sie sieht auch gut aus. Und wie unglücklich sie war. Ich habe geweint. Es war ein guter Film. Mir brannten die Augen vom Weinen, ich bekomme immer Kopfschmerzen davon. Auch die andern Leute weinten, ich sah es, als der Film zu Ende war. Und natürlich, das wußte man vorher, und die Ärmste wußte es selber, daß es schlecht für sie auslaufen würde. Alle warnten sie; in so einen darf man sich nicht verlieben, sagten sie, und das stimmt; aber sie hörte nicht darauf, sie hörte nicht einmal auf ihre Mutter. Er sah ja auch gut aus, das ist wahr, solche Jungens sehen immer gut aus, doch daran liegt es nicht. Man kann ihnen nicht böse sein, daran liegt es. Selbst wenn sie betrunken sind und sich nicht so benehmen wie alle, kann man ihnen nicht böse sein. Ich wußte gleich, daß es schiefgehen würde, als sie ihn kennenlernte, und dabei war sie doch schon verlobt. Sie lernte den Anderen auf einer Gesellschaft kennen, zu der sie mit ihrem Verlobten eingeladen war. Da ging sie zu dem Andern hin, der auch da war und sich langweilte, und zog ihm den Schlips zurecht. So lernte sie ihn kennen, und das war ihr Unglück. Denn er trieb sich herum und trank, und wenn er Geld hatte, verspielte er es. Er hatte auch schon keinen richtigen Beruf mehr, er hielt nirgends lange aus. Auch auf der vornehmen Gesellschaft war er etwas betrunken, er gehörte da gar nicht hin, das sah man sofort. Mit ihrem Verlobten wäre sie nämlich glücklich geworden; er hatte einen Beruf und Geld hatte er, er sah auch nicht schlecht aus, man konnte sich auf ihn verlassen. Aber sie war eben in den andern verliebt, davon wurde sie unglücklich. Deshalb mußte ich heulen. Wie soll man es denn vorher wissen, was sie einem da im Kino vorspielen? An den Bildern, die sie im Glaskasten ausgehängt haben, läßt es sich nicht erkennen, ob es traurig ausläuft und ob man heulen muß. Und dabei war ich doch ins Kino gegangen, weil ich an nichts mehr denken wollte. Ich wollte endlich meine Ruhe haben. Das sagte ich denen auf der Polizei auch, als sie mich von der Martha mitnahmen und verhörten. Ich sagte ihnen: ›Lassen Sie mich gefälligst in Frieden. Oder stecken Sie mich meinetwegen ein, das ist mir gleich. Nur, lassen Sie mich endlich in Frieden mit dem allem.‹ Es war mir wirklich alles gleich. Ich schrie die Leute auf der Polizei sogar an, ich hatte die Nerven verloren durch all ihre dumme Fragerei. Ich sagte zu ihnen: ›Das ist nicht mein Beruf, es ist Ihr Beruf, das herauszufinden. Mich interessiert es überhaupt nicht; ich bin nur aus Versehen hineingeraten oder wegen meiner Dummheit. Sehen Sie gefälligst in Ihren Listen nach. Wozu führen Sie denn die Listen, wenn nicht darin steht, was Sie wissen wollen? Statt dessen fragen Sie ausgerechnet mich. Daß Sie sich nicht schämen!‹ Ich sagte ihnen auch noch, daß ich mein Geld nicht so leicht verdiene wie sie. Da ließen sie mich laufen; sie hatten keinen Grund, mich festzuhalten. Auch die Martha haben sie gequält und gedroht, daß sie ihr das Geschäft verbieten würden. Dabei sollten sie froh sein. Wenn alle Vermieterinnen in unserer Gegend so ordentlich wie die Martha wären, hätte die Polizei wenig zu tun. Das sagte ich den Leuten auch ganz offen. Warum sollten sie nicht die Wahrheit hören? Ja, ich nahm die Martha noch in Schutz; ich sagte ihnen, daß die Martha noch weniger damit zu tun hätte als ich. Doch sie fragten immer wieder, warum ich Herrn André zu der Martha gebracht hätte und nicht ins Krankenhaus, wo ich doch wußte, wie krank er war, das hätte ich doch gestanden. Sie glaubten einfach nicht, daß alles nur Zufall war; sie meinten, es wäre eine abgekartete Sache zwischen der Martha und mir. ›Vielleicht wollte ich ihm sein Geld wegnehmen‹, sagte ich, aber man hatte schon nachgezählt, es war alles Geld da. Ja, ich mußte mich sogar ausziehen, sie haben dafür eine Polizistin, doch sie fand nichts außer meinem eigenen Geld, und das war nicht viel. Endlich ließen sie mich laufen. Aber die Martha ist trotzdem böse auf mich; sie will nicht mehr mit mir sprechen, sie behauptet, ich sei an allem schuld. Statt daß sie mir dankbar ist; denn sie hat doch gut durch mich verdient, wenn man es richtig bedenkt. Man hat ihr das Geld, das ich ihr aus Herrn Andrés Tasche für das Zimmer und alles bezahlt habe, nicht weggenommen. Sie kann also ganz zufrieden sein, aber so ist es eben. Und sicher hat der Freund von Herrn André ihr auch noch Geld gegeben, um sie für die Unruhe zu bezahlen, als der Unfallwagen kam und der Arzt und dann auch noch die Polizei. Klar, es gab viel Unruhe, als sie mit der Tragbahre kamen, das läßt sich nicht vermeiden. Die Mieter der andern Zimmer verdrückten sich rechtzeitig, um nicht mit auf die Polizei zu müssen. Aber die Zimmer waren doch vorher bezahlt, die Martha hat also keinen Verlust davon, ich weiß nicht, was sie will. Sie saß in der Küche auf ihrem Sofa und heulte und sagte, daß ich die ganze Schuld hätte. Ihr Neffe stand daneben und machte ein Gesicht, als ob er mich gleich ermorden wollte. Er taugt nichts, es wird ein schlimmes Ende mit ihm nehmen, verlassen Sie sich darauf. Eines schönen Tages wird er wirklich jemanden ermorden. Ich war wütend, daß sie uns da in der Küche festhielten; wir durften die Wohnung nicht verlassen, bis sie alles durchgesucht hatten. Wenn die Martha wenigstens Kaffee gekocht hätte! Das sagte ich ihr auch. Ich sagte: ›Laß die dumme Heulerei, das imponiert keinem, und koch uns lieber eine Tasse

Kaffee.‹ Doch sie heulte nur noch mehr und sagte: ›Auch noch Kaffee, wo du doch an allem schuld bist.‹ Das sagte sie vor dem Wachtmeister, der in der Küchentür stand und auf uns aufpassen sollte. Es war eine Gemeinheit von der Martha, aber so ist sie eben. Und als ich selber Kaffee kochen wollte und zum Küchenschrank ging, um die Kaffeebüchse zu holen, stellte der Bengel sich mir in den Weg und wurde patzig. Er verbot mir, etwas anzurühren. Ich wollte ihm eine Ohrfeige geben, aber der Polizist brachte uns auseinander. Unten auf der Straße hatte sich schon eine Menschenmenge angesammelt, sie glaubten alle, es wäre jemand ermordet worden. Auch von der Zeitung waren welche gekommen. Sogar mich wollten sie ausfragen, um nachher in ihrer Zeitung darüber zu schreiben, aber ich jagte sie fort. Sie wollten wissen, wie Herr André ermordet wurde und was ich damit zu tun hätte. Sie wollten sogar den Namen von Herrn André wissen. Ich schrie sie tüchtig an. Ich sagte: ›Ich bin kein Doktor. Fragen Sie doch den Doktor.‹ Da lachten die Zeitungsleute und sagten: ›Was regst du dich denn so auf, Kind?‹ und ich mußte mit ihnen lachen. Ich sagte ihnen: ›Das wißt ihr doch, Jungens, bei uns darf man nicht nach dem Namen fragen. Fragt doch lieber die Polizei, warum der Name nicht in ihren Listen steht.‹ Und einer sagte: ›Ja, das ist eine Idee.‹

Aber komisch bleibt es doch, daß die Polizei nicht besser Bescheid wußte. Man hat sich nämlich noch am nächsten Tag bei andern Mädchen und den kleinen Hotels nach ihm erkundigt. Das ist mir zu Ohren gekommen, weil alle deswegen auf mich schimpften. Man glaubte mir eben nicht, daß der Herr André so hieß, weil der Name nicht in ihren Listen stand. Sie wollten es nur nicht zugeben, daß die Listen nicht stimmten, sie sind so stur. Zum Glück wußte niemand etwas davon, daß auch meine Herrin noch dagewesen war, wenn auch nur ganz kurz, sonst säße ich heute noch auf der Polizei. Aber danach fragten sie gar nicht, und so brauchte ich nicht erst zu lügen; denn von mir hätten sie nichts herausbekommen. Auch die Martha hat ihnen nichts davon verraten, über ihrer Heulerei hatte sie wohl meine Herrin ganz vergessen. Niemand in der Nachbarschaft hat die schwarze Limousine vor der Haustür stehen sehen. Darüber muß man sich wundern; denn bei uns sieht man alles, und eine Dame wie meine Herrin wäre sofort aufgefallen. Auch ein so teurer, blankgeputzter Wagen wäre bemerkt worden, selbst so früh morgens lungern immer noch genügend Leute auf der Straße herum und hätten ihn bestaunt. Ein ausländischer Wagen, würde ich gesagt haben, wenn man mich gefragt hätte. Sicher ein Ausländer, meine Herren, denn bei uns fährt man doch nicht in einem solchen Wagen vor. Vielleicht ein Diplomat. Oder ich hätte auch nur gesagt: ›Sie spinnen wohl.‹ Doch zum Glück fragten sie nicht danach. Sowieso ist etwas von all dem an mir hängengeblieben, ich bin verdächtig geworden. Nicht nur bei der Polizei, auch bei den Kolleginnen und sogar bei den Kunden. Ich weiß nicht, was es ist und woran sie es merken. Ich benehme mich genauso wie immer, aber ich fühle, daß sie stutzen, und wenn die andern Mädchen sich unterhalten und ich komme dazu, reden sie schnell von etwas anderem. Ich habe eine gefragt, mit der ich mich gut stehe, ob etwas an mir wäre, aber sie sagte: Was soll denn an dir sein? Ich habe selber in den Spiegel gesehen, ich konnte nichts Besonderes finden, ich sah genauso aus wie immer. Das alles ist sehr lästig, und es stört das Geschäft. In unserm Beruf muß man bei der Sache sein und sich gleich auf den Kunden einstellen, man darf nicht an andere Dinge denken. Und es ist wahr, wenn ich auf der Straße ging, dachte ich an den Freund von Herrn André. Ich wollte ihn nicht verpassen, und das merkten die Kunden; sie merkten, daß ich mit meinen Gedanken woanders war. Deshalb ging ich auch ins Kino, weil es so nicht weiterging.

Was habe ich mir da nur eingebrockt. Und jetzt liege ich sogar im Krankenhaus deswegen. Wenn ich das alles vorher gewußt hätte! Da sagt einer, den ich überhaupt nicht kenne, zu mir: ›Da drinnen wartet jemand auf Sie‹, und ich bin so dumm und höre darauf. Warum hat er sich denn nicht selbst um Herrn André gekümmert, wenn er doch sein Freund war? Statt dessen schickt er mich in die Kneipe. Das alles war doch nicht meine Sache. Und um Herrn André habe ich mich dann auch nur gekümmert, weil ich ihn von früher kannte. Jeden andern hätte ich da sitzen lassen. Ich hätte ihn nicht beachtet, in dem Zustand, in dem er war. Ich hatte es nicht nötig, die Lumpensammlerin zu spielen, so nennt man das bei uns. Ich brauche mich nicht mit Schnapsleichen abzugeben, ich habe genügend gute Kundschaft. Sie können sich nach mir erkundigen, wenn Sie mir nicht glauben. Ich hätte nur auf der Straße zu bleiben brauchen, dann wären schon Kunden gekommen. Da ich ziemlich klein bin, denken sie immer, daß ich noch ganz neu bin, ein junges Mädchen oder so, und darum bin ich sehr beliebt. Ich sage das nicht aus Eitelkeit, ich sage es, weil es die Wahrheit ist. Sowieso war es eine Nacht, in der wir mit viel Kundschaft rechnen konnten. Das hat man im Gefühl, das weiß man schon in der ersten Nachtstunde. Es liegt in der Luft. Wir Mädchen sagen dann: Heute wird viel Betrieb sein, und niemand zweifelt daran. Auch die Madam hat es in den Fingerspitzen und irrt sich nie. Sie sagt: Kinder, heute wird es Großbetrieb geben, und ruft den Chef an, damit genügend Bier und Schnaps im Haus ist. Sie bekommt nämlich Prozente vom Umsatz. Das Bier kostet bei uns dreimal so viel wie in einer gewöhnlichen Kneipe, aber die Leute bezahlen es trotzdem und spendieren uns Mädchen etwas. Ach, ich könnte Ihnen viel erzählen, damit Sie sich nicht hochnehmen lassen, wenn Sie zu uns kommen. Samstags ist natürlich immer mehr Betrieb als sonst, auch an Zahltagen und am Monatsanfang. Manchmal weiß man es auch aus den Zeitungen. Wenn Schulschiffe in den Hafen kommen, wollen sich die jungen Leute natürlich amüsieren; sie sind so lange von zu Hause fort, darum kommen sie gleich vom Schiff zu uns. Und es gibt auch Kongresse in der Stadt oder irgendeine Ausstellung. Aber viele von uns lesen keine Zeitung, und man weiß es trotzdem.

In dem Lokal da war es um die Zeit schon voll. Es ist immer voll da. Aber in der Nacht war es besonders voll; es war kaum durchzukommen. Seeleute natürlich und Maschinisten. Sie standen in drei Reihen an der Theke, und die Weiber, die sie bei sich hatten, kreischten. Auch die Musikmaschine war in Gang, und einige versuchten zu tanzen, obwohl kein Platz war. Im vorderen Raum ist nur die Theke und ringsum Bänke an den Wänden. Tische, wo Sie vom Kellner bedient werden, sind nur hinten in dem andern Raum. Von den Mädchen da kannte ich natürlich die meisten, auch einige von den Männern. Der Wirt ist ein Italiener, ein kleiner Mann mit einem großen Kopf und einer Glatze. Wir mögen ihn alle gern, er hält zu uns. Wenn man etwas Wichtiges wissen will, braucht man ihn nur zu fragen; er weiß alles. Seine Frau ist von hier, eine große Frau, größer als er. Sie paßt auf die Küche auf. Sie hat sich weißblonde Haare machen lassen, eine teure Frisur. Sie muß jede Woche einmal zum Friseur. Ihr Mann will das so. Er will nicht, daß sie hinter der Theke steht. Tagsüber ja, aber nicht nachts. Doch man sieht sie manchmal durch die kleine Scheibe in der Küchentür aufpassen; man sieht dann ihre Frisur. Sie haben auch zwei Kinder. Ich gebe ihnen manchmal Schokolade aus dem Automaten. Die Italiener haben Kinder gern, das ist bekannt. Doch wegen des Gedränges konnte ich den Wirt nicht sehen. Ich mußte mich nämlich durchquetschen, um nach hinten zu kommen. Dabei muß man aufpassen, daß einem nichts gestohlen wird oder daß man sich etwas zerreißt. Ich habe mir schon einmal ein gutes Kleid verdorben, weil einer Ölflecke an seinem Monteuranzug hatte. Die, die mich kannten, riefen mir zu und wollten mich festhalten. Ich bin da eben sehr bekannt. Ein Inder wollte mit mir tanzen. Ein hübscher Junge, nicht viel größer als ich; wir hätten gut zueinander gepaßt. Aber ich war nicht wegen des Inders in die Kneipe geschickt, das war klar. Ich sagte zu ihm: Nachher!, da lachte er freundlich und ließ mich vorbei. Die Inder sind sehr höfliche Leute.

Auch hinten waren alle Tische besetzt. Es ist nur ein schmaler Raum, schmaler als vorne, und wegen der Tische ist alles noch viel schmaler. Die Leute standen in dem Gang herum und warteten, daß ein Platz an einem Tisch frei wurde. Und natürlich wurde ich auch da angeredet, und man wollte mich festhalten. Einer von denen, die am Tisch saßen, zog mir den Reißverschluß an meinem Rock auf. Ich schimpfte sehr, da lachten sie alle und machten dumme Witze, weil ich fast meinen Rock verloren hätte. Doch gerade, als sie alle lachten, sah ich Herrn André ganz hinten in der äußersten Ecke sitzen. Ich erkannte ihn sofort und wußte, daß ich seinetwegen in das Lokal geschickt war. Ich war richtig froh, daß ich Herrn André endlich entdeckt hatte. Er tat mir auch sofort leid, denn ich sah, wie es mit ihm stand. Ich winkte ihm auch zu, doch er merkte es nicht; er war viel zu abwesend. Darum mußte ich mich bis nach hinten durchdrängen, und dort beugte ich mich über den Tisch und fragte: ›Geht es Ihnen nicht gut, Herr André?‹ Auf der Straße hätte ich ihn wohl doch nicht erkannt, dafür ging es ihm zu schlecht. Ich hätte ihn für einen Betrunkenen gehalten und gar nicht erst hingesehen. Auch so, wie er da am Tisch saß, dachten die andern Leute sicher, daß da einer seinen Rausch ausschläft. Das sieht der Ober nicht gern, denn er möchte selbstverständlich, daß der Platz frei wird für jemand, der etwas verzehrt. Doch Herrn André hatte man da übersehen.

Auch so konnte ich nicht zu ihm kommen und mich zu ihm setzen; denn der Tisch war besetzt, und die anderen hatten Herrn André ganz in die Ecke geklemmt; sie ließen ihm kaum Platz, so rücksichtslos waren sie. Wenn der Mann mir nicht gesagt hätte, daß da drinnen jemand auf mich wartete, hätte ich Herrn André nie entdeckt. Es saß ein dickes Frauenzimmer davor. Eine Geschäftsfrau aus unserer Gegend, ich kannte sie vom Ansehen; sie hat einen Juwelierladen, man kann da auch Andenken kaufen. Eine ordinäre Person mit einem Fischmaul und schläfrigen blauen Augen. Und wie aufgedonnert sie war und mit Schmuck behangen. Und in einem ausgeschnittenen Kleid, stellen Sie sich das vor. Es wurde einem schlecht von all dem Fleisch. Ihre Schlachterarme hatte sie auf den Tisch gelegt und kehrte Herrn André den Rücken zu. Daran sah ich, daß Herr André nicht zu der Gesellschaft gehörte. Denn es hätte ja sein können, daß die Person ihn irgendwo aufgesammelt hatte und daß die am

Tisch ihn neppten. Dann wäre ich nämlich gleich wieder weggegangen und hätte mich nicht eingemischt. Das tut man bei uns nicht. Warum sollte sich Herr André nicht mit solchen Leuten herumtreiben, wenn es ihm gefiel? Das war nicht meine Sache, obwohl ich ihm so einen schlechten Geschmack nie zugetraut hätte. Ich hatte ja kein Anrecht auf ihn. Verstehen Sie, wie ich das meine? Ich hätte es seinetwegen nicht auf Streit ankommen lassen. Was ging es mich an, wenn die da ihn neppten. Ich hatte, glaube ich, sogar seinen Namen vergessen. Nur daß er mir sofort wieder einfiel, als ich ihn da entdeckte. Ich sah auch sofort, daß er nicht zu der Gesellschaft gehörte. Er wird schon vorher da gesessen haben, die andern hatten sich einfach an seinen Tisch gesetzt und ihn in die Ecke gequetscht. Sie meinten wohl, daß er schliefe, und nahmen weiter keine Rücksicht.

Trotzdem war es ärgerlich, daß einige von ihnen mich kannten. Besser, es wären Fremde gewesen, dann hätte ich weniger Umstände gehabt. Und dazu mußte ich noch laut schreien wegen des Lärms, damit Herr André mich überhaupt hörte. Besonders widerlich war mir der Kerl, über den ich mich beugen mußte, um mit Herrn André zu reden. Ein ganz übler Kerl mit einem aufgestülpten Babymund und rosa Bäckchen und einem kleinen blonden Scheitel, der mit Pomade festgeklebt ist. Ja, er sieht immer so sauber gewaschen aus, darauf legt er Wert; er hat auch immer Bügelfalten in den Hosen. Aber die Hände sollten Sie sehen! Dann wissen Sie gleich Bescheid. Ganz weichliche Dinger und ohne Knochen. Keiner von uns mag ihn. Er hat zwei Straßen weiter einen Trödelladen. Gebrauchte Kleider und Schuhe, aber auch Trompeten und Handharmonikas und Fotoapparate und solchen Kram. Auch das Zeug, das die Seeleute mitbringen, kauft er ihnen ab und betrügt sie natürlich. Und sicher handelt er auch mit Schmuck und mit heißer Ware, wie man es nennt. Die andern Mädchen haben mir schlimme Dinge von ihm erzählt, aber niemand will sich mit ihm anlegen, er ist gefährlich. Es heißt auch, daß er mit der Polizei unter einer Decke steckt und ihr Auskünfte gibt. Das ist sehr möglich, denn mit solchen Leuten arbeitet die Polizei, obwohl sie genau weiß, daß sie nichts taugen. Er sitzt da oft in dem Lokal, und deshalb kennt er mich, obwohl ich nie etwas mit ihm zu tun gehabt habe. Dazu bin ich mir zu schade. Als ich mich über ihn beugen mußte, um mit Herrn André zu reden, kniff der Kerl mich gleich in die Brust. Da wurde ich wütend. Er ist einer von denen, die die Mädchen kneifen. Und was er sonst noch von ihnen verlangt, kann ich Ihnen gar nicht wiederholen. Was mich aber so wütend machte, war, daß er gerade Nieren am Spieß aß. Man kann es sich von nebenan kommen lassen, da ist eine Metzgerei, die die ganze Nacht geöffnet hat. Die Straße riecht nach Bratfett. Auch die Hände von dem Kerl waren voller Fett, das war es. Ich schlug ihm auf die Hand und sagte: ›Nimm deine schmierigen Pfoten weg! Oder bezahlst du die Reinigung für das Kleid?‹ Da lachten sie alle, außer Herrn André, der das gar nicht gesehen hatte. Und der Kerl sagte – er heißt Julius, jetzt fällt es mir wieder ein –, er sagte: ›Geh doch nicht gleich in die Luft, Puppe.‹ Es war ganz gut, daß sie mich alle auslachten, auf die Weise gab es wenigstens keinen Streit.

Und zu Herrn André sagte ich: ›Kommen Sie jetzt endlich, Herr André. Es ist Zeit.‹ Das sagte ich, damit die am Tisch meinten, ich sei mit Herrn André verabredet. Das meinten sie dann auch und ließen mich in Frieden. Denn es kommt vor, daß man sich mit einem festen Kunden oder mit einem, der die ganze Nacht bleiben will, für später verabredet, wenn man frei ist und Zeit für ihn hat. So einer wartet dann so lange in einer Kneipe, bis man ihn abholt. Nur Herr André hatte mich nicht verstanden, ich hatte meine Not mit ihm. Vielleicht hatte er mich nur wegen des Lärms nicht verstanden. Er blickte zwar auf und wunderte sich wohl, daß jemand ihn ›Herr André‹ nannte und seinen Namen wußte, doch ich sah, daß er mich nicht erkannte. Wie sollte er mich auch erkennen? Natürlich habe ich mich verändert. Ich hatte eine andere Frisur als damals, ich war auch anders angezogen. Ja, ich glaube, er war nur überrascht, daß er mit seinem Namen angeredet wurde. Vielleicht hatte er seinen Namen selber schon vergessen. Und überhaupt, er hatte sich darauf eingerichtet, da in der Ecke einfach sitzen zu bleiben, bis Schluß war. Das kommt vor, glauben Sie mir. Es ist einem ganz gleichgültig, wo man ist; Hauptsache, daß man sitzt und nicht gestört wird; was um einen herum passiert, merkt man schon gar nicht mehr. Daß es so um Herrn André stand, wußte ich natürlich nicht, sonst hätte ich mich wohl doch lieber nicht mit ihm abgegeben. Ich sah nur, daß es ihm schlecht ging und daß man ihn so schnell wie möglich da aus der Kneipe und all dem Lärm wegschaffen mußte. Ich war auch nicht beleidigt, daß er mich nicht wiedererkannte. Bei jedem anderen wäre ich nämlich beleidigt gewesen, aber nicht bei Herrn André. Ich war damals nur ein junges Ding gewesen. Es gibt keine Bilder aus der Zeit. Sicher bin ich damals rundlicher gewesen als heute. Und hier muß man sich auch nach der Mode richten. Mein Mund war natürlich angemalt und die Augenbrauen auch, anders geht es nicht. Und dann trage ich jetzt Schuhe mit hohen Absätzen, um etwas größer zu wirken.

Mir fehlen ein paar Zentimeter; ich ärgere mich immer darüber. Wenn ich im Bett liege, können Sie es nicht gleich sehen. Nein wirklich, ich war nicht beleidigt. Es genügte mir, daß er auf seinen Namen hörte. Darum sagte ich: ›Los, Herr André! Kommen Sie jetzt. So viel Zeit habe ich nicht. Ich bin jetzt frei.‹ Ich sagte das wegen der andern Leute, denn sie hörten ja alle zu. Und einer von ihnen, ich weiß nicht mehr wer, sagte denn auch: ›Mit dem ist aber nicht mehr viel anzufangen.‹ Und ich schrie ihn an: ›Halt die Schnauze!‹ Sicher, ich war wütend, aber ich tat noch wütender, als ich war. Ich mußte energisch mit Herrn André umgehen, sonst hätte er sich nicht aufgerafft. Darum schimpfte ich mit ihm, und er gehorchte mir auch; er stemmte die Hände auf den Tisch und versuchte aufzustehen. Es gelang ihm nicht gleich wegen seiner Schwäche und weil es so eng da in der Ecke war, daß sich der Stuhl nicht zurückschieben ließ. Ich sagte zu der fetten Person, die daneben saß: ›Wie soll er denn an Ihrem dicken Hintern vorbeikommen?‹ Sie gab mir eine freche Antwort und alle lachten, aber sie rückte etwas vor, sie hatte Angst vor mir, glaube ich. So reichte ich Herrn André die Hand über die Köpfe der Andern hinweg und zog ihn zwischen der Wand und den Stühlen zu mir in den Gang, so daß er gegen mich torkelte und ich ihn halten mußte, sonst wäre er mir da hingefallen. Ich sagte: ›Reißen Sie sich gefälligst zusammen, Herr André. Was sollen die Leute denken.‹ Und dieser widerliche Julius, der alles genau beobachtete mit seinen kleinen Schweinsaugen, sagte: ›Der pfeift auf dem letzten Loch.‹ Und ich schrie über Herrn Andrés Schulter zurück: ›Na und? Geht dich das etwas an?‹ Herrn André hielt ich fest untergehakt. Ich fragte ihn: ›Haben Sie denn bezahlt, Herr André?‹ Das verstand er. Er griff in die Tasche seines Regenmantels und holte einen Schein heraus und wollte ihn auf den Tisch werfen. Einen viel zu großen Schein. Die andern sahen es auch und machten gierige Gesichter. Das ließ ich nicht zu; ich schnappte mir den Schein und sagte: ›Das wäre ja noch schöner! Denen da Ihr gutes Geld hinschmeißen.‹ Da lachten sie wieder. Und Herrn André fragte ich, wo er seinen Hut hätte. Er blickte nach den Garderobenhaken an der Wand und schüttelte den Kopf. Und einer von denen am Tisch sah sogar darunter nach, ob der Hut da vielleicht wäre. Aber es war keiner da, und ich sagte: ›Lassen wir den Hut. Kommen Sie jetzt endlich. Mit dem Ober werde ich schon abrechnen.‹ Ich zerrte Herrn André mit mir. Die am Tisch kümmerten sich nicht länger um uns. Ich puffte die Leute, die im Weg standen, beiseite, und als ich endlich den Ober sah, fragte ich, ob noch etwas zu zahlen wäre. Er behauptete: ›Zwei Weinbrand und ein Kaffee.‹ Er log, das sagte ich ihm auch, und er solle sich nicht einbilden, daß er so etwas mit mir probieren könne. Doch schließlich bezahlte ich die zwei Weinbrand und den Kaffee. Was sollte ich mich da im Gedränge lange mit ihm herumzanken, und von Herrn André hatte ich sowieso keine Hilfe. Ich gab dem Ober aber keinen Pfennig Trinkgeld, ich ließ mir genau herausgeben. Ich lasse mich von so einem doch nicht beschwindeln. Das Geld, das ich herausbekam, gab ich Herrn André zurück und sagte: ›Da, stecken Sie es gut weg. Nein, nicht in die Manteltasche. So geht man nicht mit Geld um.‹ Er war wie ein Kind und ganz gehorsam. Er paßte nicht in die Räuberhöhle da.

Endlich gelang es mir, ihn durch das Gewühl nach draußen auf die Straße zu schaffen. Da wußte ich erst recht nicht, was ich mit ihm anfangen sollte. Bisher hatte ich gar nicht darüber nachgedacht, ich war zu beschäftigt gewesen, aber nun dachte ich: Was habe ich mir da nur aufgehalst! Denn Herr André taumelte, als wir an die frische Luft kamen; wenn ich ihn nicht festgehalten hätte, wäre er mir die Stufen hinuntergefallen. Und wenn Sie glauben, daß dieser andere Mann, der mich in die Kneipe geschickt hatte, um Herrn André herauszuholen, vielleicht da auf der Straße stand und wartete, um mir zu helfen, dann irren Sie sich gewaltig. Der hatte sich längst verdrückt, und ich konnte sehen, wie ich mit allem fertig wurde. Doch wenn ich ehrlich sein soll, dachte ich in dem Augenblick gar nicht an diesen anderen, ich hatte an anderes zu denken. Was sollte ich mit Herrn André machen? Zu mir in das Haus, wo ich mein Zimmer habe, konnte ich ihn nicht mitnehmen, das war klar. Solche Männer, mit denen es so steht wie mit Herrn André, läßt die Madam gar nicht erst hinein, und zu mir hätte sie gesagt: Du bist wohl verrückt. Man kann sich bei unserm Betrieb auf so etwas nicht einlassen, das müssen Sie verstehen. Was sollen wir mit Kranken? Wir sind nicht schlecht, das nicht, aber dafür sind wir nicht da. Ich mußte einen Entschluß fassen. Herr André war wie ein Kind, er stand einfach da und wartete, daß ich einen Entschluß faßte. Und da bei der Kneipe durften wir nicht länger herumstehen, das wäre aufgefallen. Man kennt mich da zu genau; alle Welt kennt mich da, die andern Mädchen und all die Kerle, die da immer herumstehen und ihre Zigaretten rauchen und auf eine Gelegenheit lauern, bei der sie etwas verdienen können. Ich mußte rasch etwas unternehmen. Darum zog ich Herrn André von dem Eingang weg und auch an der Metzgerei vorbei, vor der immer eine Menge Leute stehen und zuschauen, wie die drinnen die Würstchen aus den Kesseln angeln. Vielleicht wäre es ja gut für Herrn André gewesen, wenn er Würstchen mit Senf gegessen hätte, ich überlegte das auch, doch ich wollte ihn da weghaben wegen der vielen Bekannten.

So schleppte ich ihn bis zur Hauptstraße. Es sind ja nur ein paar Schritt bis dahin, aber Sie müssen bedenken, daß Herr André schwach auf den Beinen war und dauernd zusammenknickte. Ich mußte die ganze Zeit mit ihm schimpfen. Zu der Hauptstraße führte ich ihn auch deshalb, weil dort die Parkplätze sind und ein Taxistand. Und gleich an der Ecke ist auch unsere Polizeiwache, deswegen sind da nämlich nicht so viele von uns. Ich fragte Herrn André auch nach seiner Adresse. Das hat sonst keinen Sinn, kein Kunde sagt einem die Adresse, das kennt man, doch Herr André war ja kein Kunde, darum hoffte ich, daß er sie mir sagen würde. ›Soll ich nicht lieber eine Taxe rufen, Herr André?‹ fragte ich ihn. ›Wenn Sie wollen, fahre ich auch mit Ihnen und passe auf, daß Sie richtig abgeliefert werden.‹ Die Fahrer in den Taxis auf der andern Straßenseite hatten uns natürlich längst gesehen und warteten nur darauf, daß ich einem von ihnen winkte. Aber ich traute ihnen nicht. Es ist schon vorgekommen, daß sie einen Betrunkenen ausplündern und ihn dann irgendwo in einem wildfremden Hauseingang ablegen. Das kann ihnen dann niemand beweisen. Ich wäre tatsächlich mitgefahren, ich konnte doch Herrn André in dem Zustand unmöglich allein lassen, aber er sagte mir seine Adresse nicht, er hatte mich verstanden, das sah ich daran, aber er schüttelte immer nur mit dem Kopf. Er hatte nämlich schon keine Adresse mehr, doch das wußte ich erst später; da auf der Straße dachte ich nur, daß er sie mir nicht sagen wollte. Ob Sie es mir nun glauben oder nicht, ich weiß seine Adresse auch heute noch nicht. Seine Leute, wenn es seine Leute waren, entsannen sich seiner erst, als er tot war. Sie holten die Leiche ab, das war alles. Die Polizei wird ihnen das wohl mitgeteilt haben, denn die Polizei wußte auch nichts mit der Leiche anzufangen. Mich interessiert seine Adresse auch nicht, und wenn Sie mich schon fragen, so glaube ich, daß es gar nicht seine wirkliche Adresse ist. Was geht es mich an, wo sie ihn beerdigen? Seine Leute hätten sich lieber rechtzeitig um ihn kümmern sollen, statt mir alles aufzuhalsen. Ich habe mir da schön etwas eingebrockt, aus reiner Gutmütigkeit.

Ich schalt auch mit Herrn André. Ich sagte zu ihm: ›Wie stellen Sie sich das denn vor, Herr André? Was soll ich mit Ihnen anfangen?‹ Ich hatte ihn da an die Hauswand gelehnt und mußte ihn noch dazu stützen, damit er nicht vornüber kippte. Andauernd kamen Leute vorbei und meinten, wir wären ein

Liebespaar; doch die Taxifahrer kann man nicht täuschen, sie beobachteten uns natürlich. Und die Polizeiwache war mir auch zu nah, jeden Augenblick konnte jemand von da kommen und mich fragen, was ich mit Herrn André machte. Sicher, ich hätte ihn auch in der Polizei abliefern können, es war nicht weit bis dahin, und ich wäre alles losgewesen. Man hat mich hinterher auch gefragt, warum ich das nicht getan habe. Aber so etwas tut man nicht. Bei uns geht man nicht zur Polizei, das macht einen schlechten Eindruck. Sie trauen einem sowieso nicht, daß man nur seine Ruhe haben will; sie meinen, daß mehr dahintersteckt. ›Sie gehören ins Bett, Herr André‹, schrie ich ihn an. Ja, es tut mir jetzt leid, daß ich ihn anschrie, es war unrecht von mir; aber ich war wütend und ich war nervös. Ich war wütend auf mich, nicht auf Herrn André. Es war auch gut, daß ich ihn anschrie, denn diesmal hörte er mich. Bis dahin hatte ich wie zu einem Tauben geredet und keine Antwort bekommen, aber diesmal antwortete er. Er sagte: ›Ja, schlafen‹, weiter nichts. Nur das eine Wort. Einfach ›schlafen‹ und nicht mehr. Stellen Sie sich das vor. Und wenn ich nicht dagewesen wäre, hätte er sich womöglich gleich da an der Hauswand zum Schlafen hingelegt. ›Schlafen?‹ schrie ich ihn an. Ich mußte schon weiter mit ihm schreien, auf die Weise verstand er mich wenigstens. ›Schlafen? Sie haben einen Nerv. Wo wollen Sie denn schlafen? Hier kann man nicht schlafen. Diese Gegend ist nicht zum Schlafen da. Was stellen Sie sich eigentlich vor? Reißen Sie sich doch zusammen, Herr André.‹ Er riß sich tatsächlich zusammen, er versuchte es. Er richtete sich hoch und sagte noch einmal: ›Ja, schlafen.‹ Er wollte zum Bordstein und über die Straße laufen. Er wollte mir tatsächlich weglaufen wie ein ungezogener Junge. Doch ich ließ ihn nicht los, er wäre mir noch in den Rinnstein gefallen oder hätte sich überfahren lassen. ›Haben Sie denn überhaupt Geld genug?‹ fragte ich ihn. ›Auch zum Schlafen braucht man Geld.‹ Das schrie ich natürlich nicht, so etwas posaunt man nicht in alle Welt hinaus. ›Geld?‹ fragte er verwundert und blieb stehen. ›Ja, Geld‹, sagte ich, ›was denn sonst? Meinen Sie, daß man hier umsonst schlafen kann?‹ Er war wirklich wie ein Kind. Er faßte in die Tasche seines Regenmantels, und als die Hand wieder herauskam, war eine ganze Menge Papiergeld darin, lauter zerknüllte Scheine. Er hielt sie mir hin, er hielt sie mir ganz stolz vor die Nase, und daß es genügend Geld war, sah ich gleich, sogar ziemlich viel. Ich blickte mich rasch um, ob jemand es gesehen hatte, und stellte mich nah davor. ›Stecken Sie das Geld um Himmels willen wieder weg, Herr André‹, sagte ich, ›so geht man nicht damit um, und hier auf der Straße schon gar nicht.‹ Er gehorchte auch und steckte die Hand mit dem Geld wieder in die Manteltasche. Niemand hatte etwas gesehen, aber wir durften da nicht länger stehenbleiben, es war zu auffallend. Ich mußte Herrn André so schnell wie möglich da wegbringen. Ich konnte ihn doch da mit all dem Geld nicht einfach stehenlassen, das muß doch jeder einsehen, so selbstverständlich ist es. Aber die Polizei wollte es nicht einsehen, sie meinte, ich wäre nur auf das Geld ausgewesen. Wer sollte denn sonst für Herrn André und sein Geld sorgen, bitte? Herr André verließ sich doch ganz auf mich wie ein kleines Kind, und außer mir kannte ihn doch niemand. Ohne mich wäre er in unserer Gegend verloren gewesen, das dürfen Sie mir getrost glauben. Ach, die Polizei mit ihren Vorschriften! Die können vor lauter Vorschriften nicht vernünftig denken.

Ich führte Herrn André über die Straße zu den Parkplätzen. Die Taxifahrer lasen schon wieder in ihren Magazinen; sie hatten es aufgegeben, auf uns zu warten. Den großen Parkplatz da kennen Sie wohl? Es sind da wenig Menschen, aber allzulange darf man sich da auch nicht aufhalten, sonst haben sie einen in Verdacht, man will einen Wagen aufbrechen und die Sachen stehlen. Es sind da auch Beamte versteckt, die aufpassen, daß sich keine Betrunkenen ans Steuer setzen; dann nimmt man ihnen den Schlüssel weg. Ich mußte ja an alles denken und aufpassen, Herrn André war es gleichgültig. Wenn jemand versucht hätte, mir etwas zu sagen, hätte ich ihn angeschrien, so wütend war ich. Doch es sagte niemand etwas. Einer der Parkwächter tippte an die Mütze. Er meinte, wir suchten unsern Wagen, aber ich ging einfach zwischen den Wagenreihen weiter. Herr André ahnte gar nicht, wie wütend ich war, aber er machte wenigstens keine Schwierigkeiten; er ließ sich von mir lenken und ging mit, darum brauchte ich nicht mit ihm zu schimpfen. Am andern Ende des Parkplatzes, wo die richtige Hauptstraße ist mit den Straßenbahnen und all dem Verkehr, wartete er sogar ganz von selbst auf das grüne Licht. Ich glaube, die frische Nachtluft hatte ihn etwas belebt. Das war ein großes Glück, denn wie hätte ich ihn sonst über die Hauptstraße kriegen sollen? Denn als er ›schlafen‹ gesagt hatte, war mir die Martha eingefallen, die Frau, die Zimmer vermietet; ich habe Ihnen ja schon von ihr erzählt. Schließlich war sie eine gute Bekannte von mir. Ich trinke manchmal eine Tasse Kaffee mit ihr, wenn es sich so macht. Sie erzählt mir dann von ihrem Geschäft und wie es geht, und ich von meinem. Kennengelernt habe ich sie vor Jahr und Tag in einem Modeladen. Ich mußte mir einen neuen Mantel kaufen, und sie hat mich dabei gut beraten; der Mantel stand mir gut, und er war auch nicht teuer. Es war auch nicht weit bis zu ihr, das war mir die Hauptsache. Nur über die Hauptstraße und dann noch ein paar Schritte in der Nebengasse. Hoffentlich war noch ein Zimmer frei. Die Martha hat nur drei oder vier Zimmer zu vermieten.

Das mußte ich alles selber entscheiden. Herrn André war es ganz gleich, wohin ich ihn brachte, er dachte nur an schlafen. Doch es ging verhältnismäßig gut mit ihm, er stolperte wenigstens nicht und niemand merkte etwas. Er war noch schwach, das fühlte ich, und darum ließ ich ihn auch nicht los, aber er nahm sich zusammen, und ich war weniger wütend. Nur als wir endlich bei dem Haus angelangt waren, hatte ich wieder meine Plage mit ihm. Ich mußte ihm die Stufen hinaufhelfen und dann noch die ganze Treppe. Die Wohnung der Martha liegt nämlich in der ersten Etage, das hatte ich nicht bedacht. Es ist ein altes Haus, und die Treppe ist ziemlich steil und ausgetreten. Auch die Beleuchtung, wie gesagt, ist nicht großartig; sie haben viel zu schwache Birnen eingedreht, um zu sparen. Man kann sich den Hals brechen, wenn man nicht Obacht gibt. Ich ließ Herrn André auf der Seite mit dem Geländer gehen, damit er sich da festhielt, und stützte und schob ihn von der andern Seite. Auf dem

Treppenabsatz mußten wir Pause machen. Er mußte erst wieder Luft holen, und auch ich war außer Atem von der Anstrengung. Schaffen Sie einmal einen ausgewachsenen Mann eine solche Treppe hinauf! Das hört sich so leicht an. Ich blieb nah vor ihm stehen, damit er mir nicht im letzten Augenblick noch zusammensackte. Ich sagte: ›Lassen Sie sich nur Zeit, Herr André. Jetzt haben wir keine Eile mehr. Wir sind gleich oben, und dann können Sie sich ausschlafen.‹ Dabei wußte ich nicht, ob es mit der Martha klappen würde. Doch wozu sollte ich das Herrn André sagen? Da im Treppenhaus flüsterte ich natürlich nur mit ihm, denn die Martha hat scharfe Ohren, und ich wollte nicht, daß sie uns früher als nötig hörte. Ich war auch überhaupt nicht mehr wütend, weil ich das Schlimmste geschafft hatte. Das letzte Stück zog ich Herrn André die Treppe hinauf. ›So, da wären wir‹, sagte ich und lehnte Herrn André an den Türpfosten. Dann drückte ich auf den Klingelknopf.

Bei der Martha läutet es in der Küche. Nicht sehr laut, sie hat etwas in die Glocke gesteckt, damit sie nur schnarrt und die Gäste nicht gestört werden. Aber ich hörte es und war froh, und ich hörte auch, wie die Martha drinnen über den Flur schlurfte. Es waren auch noch Zimmer frei, deshalb war ich froh. Denn wenn alle Zimmer vermietet sind, hängt unten an der Haustür das Schild mit ›Zimmer frei‹ nicht mehr, die Martha nimmt es dann weg. Aber es hing noch da, ich hatte es gleich gesehen. Doch als die Martha die Tür nur einen Spalt aufmachte und die Kette nicht wegnahm, wurde ich wieder wütend. Ich sagte ihr, daß wir ein Zimmer brauchten, und sie solle uns hineinlassen, aber sie guckte immer nur durch den Spalt und machte die Tür nicht auf. Ich kann ja verstehen, daß sie vorsichtig ist, solche Vermieterinnen müssen sehr vorsichtig sein, aber mich kannte sie doch und sie wußte, daß man mir trauen konnte. Sie sagte immer nur mit ihrer weinerlichen Stimme: ›Nicht so laut, nicht so laut!‹ Und ich sagte ihr, sie soll mir doch nicht vorlügen, daß alles besetzt sei und daß sie nur vergessen habe, das Schild unten wegzunehmen. Und sicher redete ich auch etwas laut; ich war gereizt und es paßte mir nicht, nach all der Aufregung nun noch lange durch die Türritze mit ihr zu verhandeln. Mit Herrn André war auch kein Staat zu machen, er lehnte da am Türpfosten und überließ mir den ganzen Ärger. Und wenn Sie es recht bedenken, kann man auch verstehen, daß die Martha mißtrauisch war, weil ich da plötzlich spät nachts mit einem Mann bei ihr ankam und ein Zimmer verlangte. Denn die Zimmer sind ja nur für diese Flittchen da, die sich bei uns herumtreiben und kein eigenes Zimmer haben wie wir.

›Mach doch keine Geschichten‹, sagte ich zu der Martha, denn sie glaubte, Herr André sei betrunken. Vielleicht war das noch ein Glück, daß sie ihn für betrunken hielt und nicht sah, wie schlecht es ihm ging. Es war viel zu dunkel da; auch durch den Türspalt fiel kein Licht vom Korridor. Die Martha ist geizig und kriecht lieber im Dunkeln herum, statt daß sie einmal den Lichtschalter andreht. ›Er wird mir das Bett vollkotzen‹, sagte sie, und ich sagte nein, er würde das Bett nicht vollkotzen, ich würde schon dafür sorgen, und außerdem würden wir alles bezahlen. Sie wollte schon die Kette wegnehmen, und ich dachte: Na endlich!, da ließ sie es wieder und fragte: ›Hat man euch rausgeschmissen?‹ Sie traute mir immer noch nicht. Da blieb mir nichts andres übrig, ich holte die Hand von Herrn André aus der Manteltasche und öffnete seine Faust und ließ die Martha die Scheine sehen, die darin waren. Herr André hatte das Geld den ganzen Weg festgehalten, wie ich es ihm gesagt hatte. Das wirkte. Die Martha sah all das Geld – Geld kann sie auch im Dunkeln sehen – und nahm die Kette weg. Ich faßte Herrn André unter und führte ihn in die Wohnung. Die Martha machte schnell die Tür hinter uns zu und legte die Kette wieder vor. Vorher blickte sie noch rasch ins Treppenhaus, ob jemand da versteckt war und alles mit angehört hatte. ›Es ist aber nur noch das teure Zimmer nach vorne hinaus frei‹, sagte sie. Das sagte sie vielleicht nur, weil sie das viele Geld gesehen hatte und ein Geschäft machen wollte, aber vielleicht stimmte es und es war wirklich nur das teure Zimmer frei. Mir war es schon alles gleich. Ich war froh, daß wir endlich drinnen waren. Ich wollte mich nicht noch lange mit der Martha wegen der Zimmermiete herumstreiten, ich wollte erst Herrn André im Bett haben. Sie blieb nämlich immer noch in der Zimmertür stehen, nachdem sie Licht gemacht hatte, und sah uns mißtrauisch zu. Oder sie wartete nur auf Geld. Ich sagte zu ihr: ›Ich komme gleich in die Küche und rechne mit dir ab‹, und sie sagte: ›Nur keinen Lärm!‹ Und ich sagte: ›Sehen wir so aus, als ob wir Lärm machen wollen?‹ Ich drängte sie schließlich hinaus und schloß die Tür hinter ihr.

Was für Umstände! Wer mir das vorher gesagt hätte! Ich war ganz erledigt. Zu Herrn André sagte ich: ›Warum setzen Sie sich nicht hin?‹ Doch er tat es nicht. Nicht einmal das tat er von allein. Ich mußte ihn in einen Stuhl drücken. Dann ging ich zum Fenster und sah nach, ob die Vorhänge richtig zugezogen waren; es ist eine enge Gasse, und sie können einem von drüben ins Fenster sehen. Ich schaute auch auf die Straße, doch es war nichts Besonderes da, nur ein paar junge Leute, die sich Witze erzählten und laut lachten. Dann ging ich wieder zu Herrn

André zurück. Er hatte sich nicht gerührt; er saß genau so da, wie ich ihn hingesetzt hatte. Ich sagte: ›So! Da haben Sie Ihr Bett, Herr André. Da können Sie sich ausschlafen, solange Sie Lust haben. Ich werde mit der Martha sprechen, daß man Sie in Ruhe läßt. Nun trödeln Sie aber auch nicht länger herum. Ich habe schon genug Zeit verloren. Das Zimmer ist in Ordnung, auch wenn Sie es anders gewohnt sind. Es ist das teuerste Zimmer, und ruhig ist es auch. Und das Bett ist sauber, Sie brauchen keine Angst zu haben. Sehen Sie selber, frische Bettwäsche. Die Martha ist sehr sauber, dafür kann ich meine Hand ins Feuer legen. Warum haben Sie Ihren Regenmantel noch an? Ach, ist das ein Elend mit Ihnen.‹

Ich mußte ihm den Regenmantel ausziehen, er machte keine Anstalten. Ich mußte ihn etwas hochheben, weil er darauf saß. Vielleicht war es ja auch nur, weil er Angst um sein Geld hatte. Deshalb sagte ich ihm, daß nichts wegkommen würde. ›Ich passe schon auf, Sie können sich darauf verlassen. Und nun ziehen Sie sich bitte aus, Herr André, und legen sich hin. Ich muß jetzt in die Küche und das Zimmer bezahlen, sonst regt sich die Martha erst noch auf. Ich bezahle schon nicht zu viel, keine Angst. Mit mir kann man das nicht machen.‹ Ich wandte mich ab, damit er sich auszog. Denn es konnte ja sein, daß er sich genierte. Es gibt immer wieder Leute, die sich genieren, so komisch das ist, aber das kennt man. Manche genieren sich auch nur, weil ihre Wäsche nicht ganz sauber ist. Doch als ich nichts hinter mir hörte und mich umdrehte, da war Herr André nicht damit weitergekommen. Ich wollte mit ihm schimpfen, aber dann sah ich, daß er es wenigstens versucht hatte. Er hatte an seinem Schlips gezerrt, dabei war der Knoten nur noch fester geworden. ›So geht das doch nicht, Herr André‹, sagte ich und half ihm mit dem Schlips. ›So geht man doch nicht damit um. Reine Seide! Sehen Sie nur den Fettfleck. Und da haben Sie auch noch ein Loch mit der Zigarette hineingebrannt. Der Schlips ist nicht mehr zu gebrauchen. Was haben Sie bloß angestellt, daß es so weit mit Ihnen gekommen ist?‹ Den Schlips warf ich auf das Sofa, er war wirklich nicht mehr zu gebrauchen. Dann kniete ich mich hin, um Herrn André die Schuhe auszuziehen. Er war ja nicht dazu fähig; es hatte keinen Sinn, mit ihm zu schelten. Und natürlich war auch das eine Schuhband fest verknotet; ich brach mir einen Fingernagel dabei ab. Endlich hatte ich den Knoten auf und zog ihm die Schuhe aus. Und auch gleich die Socken. Es war warm genug im Zimmer, sie haben Zentralheizung im Haus. Die Socken waren heil, und auch seine Füße waren ganz sauber. Die Schuhe stellte ich unter den Tisch, damit man nicht darüber stolperte, und tat die Socken hinein. ›So, und nun die Hose‹, sagte ich und wollte aufstehen.

Da fragte er plötzlich: ›Hat dich jemand geschickt?‹ Vor Überraschung blieb ich auf dem Boden hocken. Bis dahin hatte er mich überhaupt noch nicht angeredet. Ich war richtig erschrocken, als ich plötzlich seine Stimme hörte; ich hatte gar nicht mehr damit gerechnet. Er sah mich auch dabei an, als ob er mich endlich wiedererkennte. Das ärgerte mich. Ich sagte: ›Klar doch, daß mich jemand geschickt hat. Meinen Sie, ich hätte nichts andres zu tun, als hier in den Kneipen nach Ihnen zu suchen und Sie zu Bett zu bringen?‹ Ja, ich war verärgert, das müssen Sie verstehen. Ich wollte aufstehen und in die Küche, um der Martha das Geld zu bringen. Sie wartete doch darauf. Es war jetzt nicht der Moment für lange Unterhaltungen. Aber Herr André hatte einen seltsamen Blick. Er fragte: ›Wer?‹ Er meinte damit, wer mich geschickt hätte. Und jetzt begreife ich auch, warum er es wissen wollte. Er hatte mich wiedererkannt, aber konnte mich nicht unterbringen; er war seiner Sache nicht sicher. Mit dem ›Wer?‹ meinte er nämlich meine Herrin, das verstehe ich jetzt. Er wollte wissen, ob sie mich geschickt hätte. Doch als ich da auf dem Boden vor ihm hockte, fiel mir das nicht ein. An meine Herrin dachte ich überhaupt nicht, ich dachte nur an Herrn André und wie ich ihn so schnell wie möglich ins Bett kriegte. ›Wer? Wer?‹ sagte ich. ›Irgendein Kumpan von Ihnen. Einer vom Zirkus.‹ Es fiel mir nichts Besseres ein. Und was glauben Sie? Herr André lachte etwas und fragte: ›Vom Zirkus?‹ Er fragte das ganz vergnügt. Da wurde ich erst richtig wütend. ›Oder auch nicht vom Zirkus‹, schimpfte ich. ›Was geht mich das an. Ein schöner Kumpan! Schickt mich einfach da zu Ihnen in die Kneipe, und er selber verduftet. Schöne Freunde haben Sie, Herr André, das lassen Sie sich ruhig von mir sagen. Und von mir aus können Sie es ihm auch weitererzählen, wenn Sie ihn wiedersehen. Aber darüber können wir morgen reden, wenn Sie ausgeschlafen haben. Los! Jetzt die Hose! Ich kann mich nicht die ganze Nacht mit Ihnen abplagen.‹

Ich hatte ihm schon den Hosenbund aufgemacht, denn er rührte ja keinen Finger. Und während ich ihm die Hose herunterzog, mußte ich ihn mir über die Schulter hängen, damit es besser ging. ›Los! Heben Sie das Bein‹, sagte ich, und er hob brav das Bein. Doch während er noch über meiner Schulter hing, fing er tatsächlich an zu lachen. Fast hätte ich das Gleichgewicht verloren, und wir wären beide hingefallen. ›Vom Zirkus‹, sagte er. Wirklich, Sie können sich nicht vorstellen, wie wütend ich war.

Er lachte, und ich konnte kaum reden, da er mit seinem ganzen Gewicht über meiner Schulter hing. ›Vom Zirkus oder woher auch sonst‹, schrie ich. ›Heben Sie gefälligst das andere Bein und lachen jetzt nicht. Sonst lasse ich Sie hier allein, und Sie können sehen, wie Sie fertig werden.‹

Endlich hatte ich ihn soweit und führte ihn zum Bett. ›Marsch! Hinein!‹ kommandierte ich, und er sträubte sich auch nicht länger, er setzte sich aufs Bett. ›Na, was habe ich gesagt! Eine gute Matratze und alles sauber. Und nun hingelegt! Das Bett ist nicht zum Sitzen da.‹ Ich hob seine Beine hinein und legte Herrn André zurecht und drückte seinen Kopf aufs Kopfkissen. So viel Umstände hat mir noch kein Mann gemacht, ich war ganz außer Atem vor Anstrengung. Und um ein Haar wäre ich noch mit dem blöden Bettvorleger ausgerutscht, denn der Fußboden war gebohnert. Trotzdem war ich froh, daß ich Herrn André soweit hatte. Ich wollte ihn schon zudecken, doch dann fiel mir ein, daß ihn das Gummiband von der Unterhose schnirren könnte, und das ist ungesund für den Blutkreislauf, wie man es nennt. So machte ich mich daran, ihm auch noch die Unterhose auszuziehen, da bekam ich einen entsetzlichen Schreck. Einen solchen Schreck möchte ich nicht noch einmal bekommen. Auf seinem Bauch und beim Magen und auch auf den Oberschenkeln waren große bräunliche Flecke. Erst dachte ich, es wäre Schmutz oder es hätte etwas abgefärbt. Es sah aus, als ob jemand Milchkaffee über das weiße Tischtuch gegossen hätte, aber die Flecke waren unter der Haut. Einige waren ihm schon bis auf die Brust geflossen und fast bis zum Herzen hin. Darum erschrak ich so. Ich sah, daß Herr André sehr krank war. Unsereiner kennt sich da aus, wir bekommen manches zu sehen. Aber das war eine ganz schlimme Krankheit, wie ich sie noch nicht gesehen hatte, eine, die unter der Haut fließt, bis der Mensch erstickt. Lachen Sie nicht, es ist kein Grund zum Lachen. Natürlich weiß ich nicht, wie Sie die Krankheit nennen. Sicher hat man Herrn André aufgeschnitten, um nachzusehen, ob er vergiftet war; das tun sie hinterher ja immer. Doch es war kein Gift, das hätte ich ihnen vorher sagen können.

Ich konnte es nicht ansehen, ich deckte Herrn André schnell zu. Bis unters Kinn zog ich ihm die Decke hinauf. So ein gesunder, schöner Mann wie Herr André! Was hatten sie bloß mit ihm angestellt. Und warum hatte er nicht besser auf sich aufgepaßt. Aber dann dachte ich, daß es vielleicht nur an der Beleuchtung gelegen hatte, und daß es nicht so schlimm war. Ich beruhigte mich wieder, denn an Herrn Andrés Gesicht war nichts zu sehen. Sein

Gesicht sah sogar viel besser aus als vorher, nicht mehr so elend und zerknittert. Das Liegen tat ihm gut. Er sah mehr so aus, wie ich ihn von früher her kannte, darüber war ich froh. Ich sagte zu ihm: ›So, und nun machen Sie die Augen zu, Herr André. Morgen früh sind Sie dann wieder ganz frisch und können nach Haus gehen.‹ Ich räumte etwas auf. Sein Zeug lag überall auf dem Fußboden herum. Den Anzug, wie gesagt, hängte ich hinter den Vorhang ans Fenster, damit er da wenigstens auslüftete. Ich zog auch meine eigenen Schuhe aus, da sie mich drückten, und vor allem wegen der hohen Absätze und um leiser zu sein. Ich stellte sie unter den Tisch neben Herrn Andrés Schuhe. Den Regenmantel hängte ich auf einen Kleiderbügel in den Winkel zwischen dem Schrank und der Wand. Erst wollte ich ihn in den Kleiderschrank hängen, wo ich auch den Bügel fand. Die Tür des Schrankes quietschte furchtbar, als ich sie aufmachte. Aber es schien mir wegen des vielen Geldes sicherer zu sein, wenn ich den Mantel in die Nische hängte. Da sucht man nicht gleich, man sucht zuerst im Schrank.

Als ich mich umwandte, hatte Herr André die Augen immer noch nicht zugemacht. Er sah mir zu, wie ich im Zimmer hin und her ging und Ordnung schaffte. Das war mir lästig, denn ich wußte nicht, was er noch wollte. Vielleicht dachte er, ich wollte ihm sein Geld wegnehmen, das kann sein. ›Sie sollen doch schlafen, Herr André‹, sagte ich. Ich ging zu ihm ans Bett und stellte die Nachttischlampe anders, damit sie ihn nicht blendete. ›Oder möchten Sie etwas trinken? Eine Tasse Kaffee? Oder lieber Fleischbrühe? Die Frau da draußen ist auf so etwas eingerichtet. Kaffee hat sie immer parat, aber auch Fleischbrühe läßt sich schnell warm machen. Sie hat auch Schnaps, obwohl es verboten ist. Sie brauchen es nur zu sagen, Herr André. Es kostet alles etwas mehr als in der Kneipe, doch ich werde schon aufpassen. Aber Schnaps würde ich an Ihrer Stelle jetzt nicht trinken. Lieber etwas Warmes.‹ Doch er hörte mir nicht zu, ich wußte wirklich nicht, was er noch wollte. Er blickte zum Fußende des Bettes; es sah sogar so aus, als ob er wieder lachen wollte. Er machte auch eine Bewegung in die Richtung dahin und seine Lippen zuckten. Ich beugte mich zu ihm hin und fragte: ›Was soll es denn sein, Herr André? Sie brauchen es mir doch nur zu sagen.‹ Da sagte er ganz deutlich: ›Was macht denn die Frau da?‹ Ich fuhr vor Schreck hoch. Ich meinte tatsächlich, es stände eine Frau da und ich hätte nichts davon gemerkt. Sie mußte sich hereingeschlichen haben, während ich Herrn Andrés Sachen wegräumte. Ich hatte die Tür nicht abgeschlossen, da ich ja doch gleich zu der Martha hinauswollte, um ihr das Geld zu bezahlen. Aber es war gar kein Grund zum Erschrecken; es stand keine Frau da, es war niemand außer uns im Zimmer. Es war sehr unrecht von Herrn André, mich so zu erschrecken. Er meinte nämlich nur das alberne Bild, das da ihm gegenüber an der Wand hing. Auf so etwas Lächerliches achtete er, während ich mich um ihn sorgte und seine Sachen wegräumte. Ein Bild mit einem Weib darauf. Sicher kennen Sie es, man kann es hier überall kaufen und in den Schaufenstern sehen. Die Person liegt auf der Erde und betrachtet einen Totenkopf oder was sie sonst damit tut. Das Haar ist ihr dabei vorneüber gefallen. Sie hat ein blaues Tuch um und beim Liegen ist ihr der eine Busen vorne herausgerutscht. ›Was geht uns das alberne Bild an‹, sagte ich zu Herrn André, ›es gehört zur Einrichtung. Die Martha wird es sich gekauft haben, oder sie hat es mit übernommen, was weiß ich. Soll ich es weghängen?‹ Und Herr André grinste und sagte: ›Die ist auch vom Zirkus.‹ Er machte sich noch über mich lustig, weil ich mich so aufgeregt hatte. Wirklich, das war sehr unrecht von ihm. Ich sagte ihm das auch, ich sagte: ›Wenn Sie jetzt noch Geschichten machen, Herr André, dann ist es aus mit meiner Geduld. Ich muß jetzt in die Küche und bezahlen. Die Frau wartet darauf. Es ist ein Wunder, daß sie uns überhaupt reingelassen hat; das hat sie nur getan, weil sie mich kennt. Ich werde jetzt von Ihrem Geld nehmen und bezahlen. Sie brauchen keine Angst zu haben, daß etwas wegkommt. Ich werde Ihnen später alles vorrechnen. Hauptsache ist, daß Sie jetzt schlafen.‹

Ich ging zu dem Regenmantel und nahm das Geld heraus. Ich fühlte in beiden Taschen nach, aber es war nur in der einen etwas. Dann setzte ich mich damit an den Tisch und strich erst einmal die Scheine glatt und legte sie aufeinander. Es war eine Schande, wie er damit umgegangen war. Ich legte die Scheine der Größe nach aufeinander, um sie besser zählen zu können. Ich wollte genau wissen, wieviel Geld da war; einer mußte sich schließlich darum kümmern. Es war nämlich eine ganze Menge, viel mehr, als für das Zimmer nötig war. Herr André hatte bestimmt keine Ahnung, wieviel Geld noch da war. Woher er es hatte und ob es sein eigenes Geld war, wußte ich nicht. Was wußte ich überhaupt von ihm? Vielleicht war er ja reich. Reiche Leute gehen so mit ihrem Geld um. Ich nahm davon nur so viel, wie ich meinte, daß die Martha für das Zimmer verlangte. Sie brauchte nicht zu wissen, daß so viel Geld da war. Genau kannte ich ihre Preise nicht, und was sie für die ganze Nacht haben wollte, wußte ich erst recht nicht. Denn natürlich brauchten wir das Zimmer für die ganze

Nacht, weil Herr André ja ausschlafen sollte. Deshalb nahm ich lieber noch einen etwas größeren Schein mit, für den Fall, daß sie Schwierigkeiten machte, und um ihn ihr vor Augen zu halten. Herrn André wollte ich das später erklären. Das andere Geld steckte ich wieder in die Manteltasche zurück. Das war richtig so, da fand man es dann später. Es war mein Glück, daß ich alles wieder in die Manteltasche gesteckt hatte. Ich hatte auch selber Geld bei mir in der Handtasche, wenn auch nicht so viel. Als sie mich dann untersuchten und sahen, daß ich selber nicht viel Geld bei mir hatte, und daß das große Geld alles in Herrn Andrés Manteltasche steckte, mußten sie mir schon glauben, daß ich nichts davon genommen hatte. Wir nehmen aber nie viel Geld mit auf die Straße. Wir brauchen da ja nichts, die Kunden müssen uns einladen. Und auf der Straße kann man leicht bestohlen werden, damit muß man rechnen. Ja, sie bestehlen selbst uns, sie reißen einem die Handtasche weg und laufen damit fort. Da kann man soviel schreien, wie man will, die Handtasche kriegt man deshalb nicht wieder zu sehen. Viele Mädchen stecken die Scheine in den Strumpf, aber es ist ein schlechtes Versteck, da fassen doch die Männer zuerst hin. Ja, es war mein Glück. Denn von Herrn Andrés Geld hätte ich mir ruhig etwas nehmen können, es wäre keinem aufgefallen. Nur ich wußte, wieviel es war. Ich hätte mir ja auch etwas für all die Scherereien nehmen können. Wem hätte das etwas ausgemacht? Es war mein gutes Recht, wenn Sie es überlegen. Doch ich habe nicht einen Pfennig genommen, ich schwöre es Ihnen. Ich kam nicht einmal auf den Gedanken.

Und wieder hatte mich Herr André vom Bett aus die ganze Zeit beobachtet, während ich die Scheine glattstrich und das Geld zählte. Nicht wegen des Geldes, das Geld war ihm gleichgültig, und ich glaube auch, daß er sich ganz auf mich verließ. Er fragte plötzlich von seinem Bett aus: ›Wie heißt du eigentlich?‹ Stellen Sie sich das vor. Man zählt das Geld, und plötzlich wird man so etwas gefragt. Immer kam Herr André mir mit solchen Fragen, auf die kein Mensch gefaßt war. Ich sagte: ›Was soll das nun wieder, Herr André?‹ Er sollte doch längst schlafen. Ja, ich mußte strenger mit ihm umgehen. ›Wirklich, Herr André, daß Sie sich gar nicht schämen. Als ob Sie es darauf anlegten, mich zu quälen. Und wenn Sie nicht mehr wissen, wie ich heiße, so kann es Ihnen doch ganz gleichgültig sein. Man nennt mich hier Marie, denn mein anderer Name ist zu ungewohnt. Aber Sie brauchen mich gar nicht zu rufen. Sie brauchen mich überhaupt nicht zu nennen. Am besten, Sie nennen mich gar nicht, sondern schlafen jetzt. Tun Sie mir doch den einzigen Gefallen, Herr André, reden Sie jetzt nicht, schlafen Sie.‹ Ich schob die Nachttischlampe noch etwas weiter fort, damit das Licht nicht auf das alberne Bild fiel, über das er gelacht hatte. Und da er ganz ruhig dalag und nichts mehr sagte, ging ich hinaus. Die Tür aber ließ ich nur angelehnt, damit ich es gleich hörte, wenn er mir wieder Geschichten machte. Ich ging auf Strümpfen hinaus, um niemand zu stören. Ich ging die ganze Nacht auf Strümpfen. Erst als die Polizei kam und fragte, wem die Damenschuhe unter dem Tisch gehörten, sagte ich: ›Wem sollen sie wohl sonst gehören?‹, und zog sie wieder an. Womöglich hätten sie mir auch noch die Schuhe weggenommen, um sie zu untersuchen. Die sind zu allem fähig, wenn sie einmal Verdacht haben. In der Küche der Martha sind Steinfliesen. Mit den dünnen Strümpfen hätte ich mich da schön erkälten können, doch ich achtete nicht darauf und ich habe mich auch nicht erkältet.

Die Martha saß auf ihrem alten Sofa und las in der Zeitung. In der ganzen Wohnung hat sie solche altmodischen Möbel. Ich habe schon zu ihr gesagt: ›Sind die nicht sehr unpraktisch beim Reinemachen und Staubwischen?‹ Aber sie hat den alten Kram wohl mit übernommen oder sie kauft die Möbel beim Trödler, weil sie da billiger sind. Das Radio auf dem Bord über dem Sofa hatte sie auf ganz leise gestellt. Sie saß da in ihrem häßlichen Morgenrock mit den großen Blumen. Sie hat nicht viel Geschmack, aber sie ist ja auch schon älter und hat es nicht nötig. Sie tat auch nur so, als ob sie in der Zeitung läse. Mir kann sie das nicht vormachen. Bestimmt hatte sie die ganze Zeit gehorcht, aus Angst um ihr Geld, und ob ich nicht endlich käme, um zu bezahlen. Sie hatte längst gehört, daß ich kam, trotz der Strümpfe, das sah ich ihrem Gesicht an. Ich fragte: ›Also, wieviel mußt du haben?‹, und zeigte ihr den einen Geldschein. Sie sah ihn sich genau an und überlegte, wieviel sie mir abnehmen sollte. Sie antwortet nie gleich, das kenne ich; sie kommt immer erst mit andern Fragen, und inzwischen hat sie Zeit zum Überlegen. Sie hat auch keine festen Preise, sie nimmt, was sie kriegen kann, und stöhnt einem etwas vor, daß sie nicht damit auskommt. ›Ist das sein Geld?‹ fragte sie und sah den Schein mißtrauisch an. ›Wessen Geld soll es denn sonst sein?‹ sagte ich. ›Meinst du, ich kann es mir leisten, für meine Freier zu bezahlen?‹ Ich hielt an mich, ich wollte sie nicht verärgern, aber sie seufzte und sagte: ›Was ist das bloß für einer?‹ Da wurde ich doch wütend. Sie fragte nur, um mir Schwierigkeiten zu machen und mehr Geld aus mir herauszuquetschen. ›Was soll es denn für einer sein?‹ fragte ich. ›Seit wann läßt du dir von deinen Gästen den

Ausweis zeigen? Dann könntest du deinen Laden morgen dichtmachen. Was geht es uns an, was für einer er ist. Hauptsache, er zahlt.‹ Sie bekam es mit der Angst und sagte: ›Nicht so laut!‹, und ich sagte: ›Wer ist denn laut? Ich nicht, aber du. Und von mir aus können deine feinen Gäste alles hören. So fein wie der Meinige sind sie bestimmt nicht. Und wenn du kein Geld nötig hast, sag es lieber gleich. Dann brauchen wir nicht erst lange herumzureden. So viel Zeit habe ich nicht. Er wartet auf mich. Oder meinst du, er ist mit mir hergekommen, damit ich hier in der Küche bei dir herumsitze. Es gibt ja auch anderswo Zimmer, da machen sie nicht solche Umstände.‹ Ich tat so, als ob ich aufstehen und weggehen wollte. Sie sagte: ›So meine ich es doch nicht, Marie, und du weißt doch, ich bin dir immer gefällig. Ich sage es ja auch nur deinetwegen.‹ ›Meinetwegen?‹ fragte ich, und sie sagte: ›Der hat sicher etwas angestellt.‹ Da mußte ich lachen; ich tat so, als ob ich lachen mußte. ›Angestellt? Was soll denn der angestellt haben? Mit dem kannst du anstellen, was du willst. Er kann sich nicht mal selber ausziehen. Hast du denn keine Augen im Kopf?‹ Doch sie jammerte weiter. ›Der Gertrud von gegenüber hat man den Betrieb verboten. Du kennst sie sicher vom Ansehen. So eine Magere mit gelben Zähnen und einer Perücke. Sie hat überhaupt kein Haar mehr; es liegt an den Kopfnerven, sagt der Doktor. Man hat Sachen bei ihr gefunden, die sie für einen der Gäste aufbewahrt hat. Eine kleine Kiste mit Vorhängeschloß. Ich weiß nicht, was darin war, und sie hat es auch nicht gewußt, sagt sie. Sie hat die Kiste hinter den Kartoffeln in der Speisekammer aufbewahrt. Alles nur aus Gefälligkeit, und nun muß sie sich verantworten. Ich habe immer schon zu ihr gesagt: Tu so etwas nicht, Gertrud, dabei kommt nichts heraus. Jetzt hat sie einen Anwalt genommen, und der nimmt ihr das letzte Geld weg.‹ Das Gerede über die Gertrud war schon gar zu dumm. ›Das sieht doch jedes Kind, Martha‹, sagte ich, ›daß der Meinige nicht so einer ist. Es ist sein eigenes Geld, und er ist ein vornehmer Herr. Er hat nur herumgebummelt und ist davon erledigt. Du weißt doch, wie die Männer sind.‹ Aber sie jammerte immer noch weiter. ›Nein, nein, mir kannst du nichts erzählen, Marie. Das ist so ein Heimlicher, merk dir, was ich dir sage.‹ Ich konnte kaum mehr an mich halten, am liebsten hätte ich sie geschlagen, doch zum Glück schnarrte die Glocke der Wohnungstür, und die Martha stand auf und stöhnte: ›Siehst du, da sind sie schon. Ich habe es ja gewußt. Ach du lieber Himmel!‹ Sie ging auf den Flur, und ich folgte ihr; denn die Tür zu unserm Zimmer war ja nur angelehnt. Ich flüsterte der Martha zu, daß ich gleich wieder bei ihr sein würde, wenn sie die neuen Gäste abgefertigt hatte und die Luft rein war. Ich schlüpfte schnell ins Zimmer, bevor sie die Etagentür aufmachte, aber vorsichtshalber horchte ich, wie die Martha mit dem Paar verhandelte. Natürlich war es niemand, der wegen Herrn André kam. Die Martha führte die Leute nach hinten. Es war also doch noch ein anderes Zimmer frei. Sie hatte mich angelogen, damit wir das teure Zimmer nahmen.

Herr André lag im Bett, so wie er vorher gelegen hatte, aber immer noch mit offenen Augen. Ich sagte ihm, daß ich gleich noch einmal hinaus müßte, um zu bezahlen, es sei noch keine Gelegenheit gewesen. Ich fragte ihn, warum er denn nicht schlafe. Den Geldschein hatte ich in der Hand. Ich fragte ihn auch, ob ihm sonst etwas fehle, er brauche es nur zu sagen. Ob er etwas zu trinken haben wolle? Und daß ich mir selber eine Tasse Kaffee in der Küche geben lassen würde, selbstverständlich auf meine Kosten, nicht auf seine. Und er solle doch nun endlich schlafen. Er hätte doch selbst auf der Straße gesagt, daß er schlafen wolle, und deswegen hätte ich ihn hierher gebracht. Und ich würde auch dableiben und aufpassen, wenn es das wäre. ›Tun Sie mir doch den Gefallen, Herr André‹, sagte ich. Und er sagte: ›Ich habe nur nachgedacht‹, und ich sagte: ›Schön, Sie haben nachgedacht, Herr André, das ist in Ordnung, aber nun ist es genug. Man kann auch nachdenken, wenn man die Augen zumacht. Es geht sogar viel besser, und man wird müde davon.‹ Doch er tat mir nicht den Gefallen. Als ich zur Tür ging, sagte er: ›Marie‹, und es ging mir durch und durch. Es tat mir richtig weh, daß er mich so nannte, glauben Sie mir. Ich wußte mir kaum mehr zu helfen. ›Was möchten Sie denn gern, Herr André?‹ fragte ich ihn. ›Sie brauchen es mir doch nur zu sagen.‹ Und er sagte: ›Du heißt doch gar nicht so.‹ Ich mußte ihm noch einmal erklären, daß ich doch so heiße, seitdem ich hier bin. Er war wie ein Kind, er wollte mich nur weichmachen. Er hatte nachgedacht, während ich draußen bei der Martha war, und nun war er erst recht bockig. Er hatte darüber nachgedacht, woher er mich kannte, aber genau wußte er es nicht, und vor allem wußte er meinen Namen nicht mehr. Trotz allen Nachdenkens fiel ihm der Name nicht ein, und ich wollte auch nicht, daß ihm der Name einfiel. Ich brauchte den Namen nicht mehr. Herr André wäre dann erst recht nicht eingeschlafen, das war doch klar. Er fragte: ›Woher weißt du denn meinen Namen, Marie?‹, und schaute mich dabei so an, daß ich nicht wütend werden konnte. Ich wollte mit ihm schimpfen, aber es ging nicht. Ich sagte ihm alles noch einmal, ich meine, daß jetzt nicht die Zeit wäre, sich darüber zu unterhalten. Morgen ja, morgen, wenn er dann noch Lust hätte, aber nicht jetzt. Und seinen Namen hätte ich wohl zufällig irgendwo gehört, vielleicht in der Kneipe oder ganz gleich wo. Und wenn es nicht sein richtiger Name wäre, möge er es entschuldigen. Ich wolle auch seinen richtigen Namen gar nicht wissen, der ginge mich nichts an, und er solle jetzt schlafen. Ich war dem Heulen nahe vor lauter Aufregung, ich war nicht darauf gefaßt, daß er mich so etwas fragte, deshalb. Er hörte mir zu und sagte: ›Es ist schon mein richtiger Name, nur, ich habe ihn lange nicht gehört‹, und ich sagte: ›Dann ist ja alles gut, Herr André, wenn es Ihr richtiger Name ist. Und mich brauchen Sie gar nicht zu nennen. Ich merke es auch so, wenn Sie etwas wollen. Und nun schlafen Sie bitte.‹ Doch er fragte: ›Hast du meinen Namen von ihm?‹, und ich fragte: ›Von wem?‹, obwohl ich sofort wußte, wen er meinte. ›Von dem, der dich geschickt hat‹, sagte er, ›von dem aus dem Zirkus‹, und dabei grinste er. Da wurde ich denn doch wütend, weil er grinste, während ich mir Sorgen machte, und außerdem war ich beleidigt. ›Ich habe jetzt Kaffeedurst‹, sagte ich. ›Und das mit dem Zirkus ist dummes Geschwätz von den andern Mädchen, weil sie nicht wußten, was für einer Ihr Freund ist. Und er soll sich nur nicht wieder sehen lassen, dann werde ich ihm die Meinung sagen. Und Ihren Namen habe ich nicht von ihm.

Dazu habe ich Ihre sogenannten Freunde nicht nötig. Daß Sie so etwas Freunde nennen! Doch wozu soll ich mich hier mit Ihnen herumzanken, statt daß Sie schlafen. Ich habe Kaffeedurst von all dem Gerede. Nehmen Sie es mir nicht übel.‹ Ich wollte hinausgehen, doch er ließ mich nicht. Er sagte: ›Hör doch zu, Marie, und sei nicht immer gleich böse. Du bist ja auch nur böse, weil mir dein Name nicht einfällt. Er wird mir schon noch einfallen, ich muß noch etwas nachdenken. Hör zu, wir müssen ihm eine Nachricht geben.‹ ›Wem?‹ fragte ich erschrokken, und er sagte: ›Ihm, der dich geschickt hat. Wir müssen ihm unbedingt eine Nachricht geben, Marie. Das ist unsere Pflicht. Es ist auch deinetwegen.‹ Ich sagte: ›Ach, meinetwegen? Um mich brauchen Sie sich keine Sorge zu machen, Herr André. Ich komme schon durch.‹ Aber er sagte: ›Doch. Marie, doch! Auch deinetwegen. Es ist unsere Pflicht, sei nicht böse. Und du weißt es auch selber.‹ Und ich sagte: ›Hat das denn nicht Zeit bis morgen, Herr André? Warum sind Sie jetzt so darauf versessen. Morgen, wenn Sie ausgeschlafen haben, können wir alles besprechen. Und wenn Ihnen dann noch soviel daran liegt, können wir Ihrem Freund eine Nachricht schicken.‹ Doch er sagte: ›Soviel Zeit ist nicht mehr, das weißt du doch selber, Marie.‹ Ich konnte es nicht mehr aushalten, ich bat ihn: ›Nennen Sie mich doch bitte nicht mehr Marie, Herr André. Sie wollen mich nur zum Weinen bringen.‹ Und er sagte: ›Wenn mir nur dein richtiger Name einfiele, dann wäre alles leichter.‹ Und ich sagte: ›Das ist nicht nötig, Herr André, ich tue auch so alles, was Sie möchten. Soll ich nicht lieber einen Arzt kommen lassen? Er kann Ihnen ein Schlafmittel geben. Ich kenne hier einen Arzt ganz in der Nähe. Die Martha hat ein Telefon in der Küche. Er kann in fünf Minuten hier sein.‹ Das mit dem Arzt war nur eine Ausrede, ich wollte Herrn André nur von seiner Idee abbringen. Ich sagte: ›Der Arzt wird Ihnen sicher das viele Reden verbieten, das ist gar nicht gut für Sie. Und für so etwas hätten wir dies teure Zimmer nicht zu mieten brauchen. Bezahlen müssen wir so oder so. Die Frau da draußen wird das Bett neu überziehen müssen, und wahrscheinlich hätte sie das Zimmer inzwischen an andere Leute vermieten können. Gerade eben erst sind neue Gäste gekommen. Davon lebt die Martha, das müssen Sie einsehen. Ich will jetzt lieber hinaus und bezahlen. Sie wird schon Angst haben, daß sie ihr Geld nicht bekommt; sie ist sehr mißtrauisch. Warum sehen Sie mich so an, Herr André? Sie sind hier doch wirklich gut aufgehoben, ich weiß gar nicht, was Sie noch wollen. Das kommt alles nur vom Nachdenken, glauben Sie mir. Denken Sie jetzt bitte nicht mehr nach. Denn das ist doch alles Unsinn, geben Sie es doch zu. Wozu brauchen Sie jetzt Besuch? Und noch dazu um diese Zeit. Wissen Sie überhaupt, wie spät es ist? Um diese Zeit macht niemand Besuche, und der, dem Sie Nachricht geben wollen, bestimmt nicht. Der ist viel zu bequem, denn sonst hätte er sich vorher um Sie gekümmert. Der bleibt in seinem warmen Bett und denkt: Was bildet sich Herr André ein? Als ob das nicht Zeit bis morgen hätte. So einer ist das, ich kenne die Menschen. Und außerdem weiß er, daß Sie mich haben, Herr André. Wenn Sie wollen, verspreche ich Ihnen auch, daß ich hierbleibe, während Sie schlafen. Ich trinke jetzt rasch eine Tasse Kaffee in der Küche und setze mich dann in den Stuhl da. Wirklich, es macht mir nichts aus, und ich werde auch nicht einschlafen. Wir sind es gewohnt, wir schlafen tagsüber. Und morgen früh helfe ich Ihnen beim Anziehen, wir lassen dann eine Taxe kommen, und ich bringe Sie nach Haus. Dann wird alles wieder gut sein, und Sie können da mit Ihren Leuten so viel reden, wie Sie wollen. Aber jetzt nicht, jetzt können Ihre Leute Ihnen auch nicht helfen, jetzt können Sie nur schlafen. Was soll denn hier noch einer mehr herumsitzen? Das ist doch lächerlich. Es genügt, daß ich da bin. Die Martha wird das auch nicht erlauben. Zwei Männer, wird sie denken und den andern gar nicht hereinlassen. Und um diese Zeit! Ich habe keine Uhr bei mir; ich nehme sie nie mit, sie kommt einem leicht weg, und auf der Straße weiß man auch so, wieviel Uhr es ist. Die Martha hat einen Wecker in der Küche, ich werde gleich nachschauen. Es wird schon längst über Mitternacht hinaus sein. Das mit Ihrem Freunde, Herr André, schlagen Sie sich ruhig aus dem Kopf. Der schläft schon lange und wird sich schön dafür bedanken, Ihretwegen aus den Federn zu kriechen. Er ist doch ein feiner Herr, das sieht man. Lachen Sie jetzt nicht wieder, weil ich das mit dem Zirkus gesagt habe, sonst werde ich böse. Dieser Ihr Freund wird auch nicht wollen, daß man ihn hier sieht und daß es in die Zeitung kommt. Wir können schon von Glück sagen, wenn man Sie nicht gesehen hat und daß Sie mit mir in so ein Absteigequartier gegangen sind. Das braucht niemand zu erfahren, das wäre nicht gut für Sie, denn Sie gehören hier nicht her. Ich will damit nichts gegen das Zimmer sagen. Das Bett ist gut, es ist eine ruhige Straße und ein ruhiges Haus. Ich wollte, ich hätte es immer so ruhig. Bei uns ist die ganze Nacht ein Kommen und Gehen und Gelächter auf der Treppe, und der Plattenspieler dröhnt von unten, wenn die Tür zum Salon offensteht. Und wenn es schließlich Tag wird und man meint, nun wird es Ruhe geben, dann kommen auch schon die Weiber mit dem Staubsauger und stoßen mit dem Bohnerbesen gegen die Zimmertüren und unterhalten sich beim Reinemachen über ihre Angelegenheiten. Da nützt kein Schimpfen, sie können es nicht lassen, und allmählich hört man es schon nicht mehr. Und auch die Klosetts gehen so laut, daß man vor Schreck jedesmal fast aus dem Bett fliegt. Wir haben uns schon beschwert; wir haben gesagt, auch wir Mädchen haben doch unsern Schlaf nötig, und wie man sich das vorstellt. Man hat auch den Klempner kommen lassen, er hat alles nachgesehen. Doch es läßt sich nichts machen; das Haus ist so dünn gebaut, sagen sie.‹

Ich wollte Herrn André von seiner dummen Idee abbringen, deshalb erzählte ich ihm das alles. Ich flüsterte, weil man davon müde wird, wenn jemand flüstert. Es hatte doch auch Hand und Fuß, was ich sagte, das müssen Sie zugeben. Ich redete ihm das doch nicht meinetwegen aus, sondern weil es unvernünftig war, was er wollte. Von mir aus hätte er ein Dutzend Freunde kommen lassen können, dann wäre ich die Sache los gewesen. Ich hatte mich sogar zu ihm auf den Bettrand gesetzt, weil ich dachte, es würde ihn beruhigen, aber es war alles umsonst. Er hörte mir zu und sah mich dabei an, bis ich es nicht mehr aushalten konnte. Da stand ich auf und sagte: ›Ganz wie Sie wollen, Herr André. Wenn Ihnen der Ärger noch nicht ausreicht, meinetwegen. Aber dann machen Sie mir nachher bitte keine Vorwürfe, wenn Sie enttäuscht sind. Und enttäuscht werden Sie bestimmt sein, so wahr ich hier stehe, das sage ich Ihnen schon jetzt.‹ Doch er sagte nur wieder: ›Wenn mir dein richtiger Name einfiele.‹ Ja, denken Sie nur, nicht einmal das hatte ich ihm ausgeredet. Es war alles umsonst gewesen. Ich sagte: ›Das sind nur dumme Redensarten, Herr André, Sie sollten sich schämen. So etwas bekommen wir täglich von den Kunden zu hören. Sie tun alle so, als ob sie uns schon von früher kennen und sich daran erinnern. Und wir sagen: Schon gut, mein Kleiner, komm jetzt. Denn uns imponiert das gar nicht, und Sie haben solche Mittel nicht nötig. Ja, und wie denken Sie sich das überhaupt? Wo wohnt denn Ihr sogenannter Freund?‹ Da sagte er mir das mit dem Zettel, der in seiner Jacke sein müsse. Können Sie nun verstehen, wie verärgert ich war? Da rede ich mir die Zunge wund, und er hat nichts als den Zettel im Kopf. Trotzdem suchte ich danach, um ihm den Gefallen zu tun. Ich holte das Jackett vom Fensterhaken und faßte in alle Taschen. Es war nur das Übliche darin, ein Taschenkamm und eine gebrauchte Fahrkarte und Quittungen von den Kneipen, wo Herr André gewesen war, und ein Heft Streichhölzer und dergleichen Kram. Und natürlich Tabakreste und Wollmäuse, wie man es nennt. Aber kein

Zettel, auch in der Brieftasche nicht, die ich natürlich zuerst durchsuchte. Ich drehte das Taschenfutter nach außen, aber kein Zettel, und sagte ihm das, denn er sah mir dabei zu. Ich sagte ihm, daß er ihn wohl verloren hätte und daß er sich das alles nur einbilde. Und wie denn der Zettel in die Tasche gekommen sei, fragte ich, und wer ihn ihm gegeben hätte. Doch er ließ nicht locker, er sagte, der Zettel müsse da sein, er hätte ihn vorhin noch gefühlt. Da suchte ich noch einmal und schimpfte dabei, daß es ein Elend mit ihm wäre, und alles wegen dieses sogenannten Freundes, der ihm doch nicht helfen würde und auf den kein Verlaß sei. Aber der Zettel war tatsächlich da. Wie gesagt, er war durch ein Loch ins Jackenfutter gerutscht. Ich war selber erstaunt, als ich ihn da herausfischte. ›Sie sollten den Anzug morgen gleich zur Reparatur bringen‹, sagte ich, ›das ist ja eine Schande.‹ Ich sah mir den verfluchten Zettel gar nicht erst an, ich reichte ihn Herrn André und fragte: ›Da, meinen Sie den?‹ Und es war der Zettel, den er meinte. Ich hängte das Jackett wieder hinter den Vorhang ans Fenster. Von dem Zettel wollte ich nichts wissen. ›Steht wenigstens eine Telefonnummer darauf?‹ fragte ich. Aber es stand keine darauf, man sollte es nicht glauben. Da begann ich wieder mit ihm zu schimpfen. ›Was? Nicht einmal ein Telefon hat er? Und so etwas nennen Sie einen Freund? Wenn er wenigstens ein Telefon hätte; dann könnten wir ihn anrufen und wüßten gleich, ob er sich herbemüht. Die Martha hat ein Telefon in der Küche. Sie nimmt dreißig Pfennig für das Gespräch, überall macht sie Profit. Aber wenn er nicht einmal ein Telefon hat! Sie wollen doch nicht etwa, daß ich selber hinfahre und ihn aus dem Bett hole? Im Ernst, Herr André, wie stellen Sie sich das vor? Und was wird die Martha denken? Wer kümmert sich dann unterdessen um Sie? Und wer soll auf Ihr Geld aufpassen? Ich kann Sie hier unmöglich allein lassen, Sie sind ja hilflos wie ein kleines Kind, nehmen Sie es mir nicht übel. Schlagen Sie sich das Ganze lieber aus dem Kopf, Herr André. Das ist alles nur, weil Sie sich schlecht fühlen. Morgen denken Sie anders darüber, bestimmt. Und was glauben Sie eigentlich? Um diese Nachtzeit ist niemand bereit, einen Botengang zu machen.‹ Doch er antwortete nur: ›Du wirst schon jemanden finden. Und bitte sei nicht böse.‹ Tatsächlich hatte ich auch schon an den Neffen von der Martha gedacht, an den widerlichen Bengel, den sie so verhätschelte. ›Nun gut, Herr André‹, sagte ich, ›wenn Sie es so haben wollen, ich will mein Möglichstes versuchen. Geben Sie den Zettel her. Welch ein Unsinn! Und was für unnötiges Geld das kosten wird. Man wird dem Jungen reichlich geben müssen, sonst läßt er sich nicht darauf ein. Man wird ihm ein Taxi spendieren müssen, wenigstens für die Hinfahrt. Hat denn Ihr Freund wenigstens Geld? Oder soll die Rückfahrt auch noch aus Ihrer Tasche bezahlt werden? Wirklich ein Jammer, das gute Geld so zum Fenster hinauszuwerfen. Die andern halten einen ja für dumm und lachen sich ins Fäustchen.‹ Ich ging zu dem Regenmantel und holte mir noch einen Schein. Den Rest steckte ich wieder zurück. Aber dann überlegte ich alles noch einmal und nahm mir doch noch einen kleineren Schein für die Taxe; denn oft haben die Fahrer kein Kleingeld und tun so, als ob sie nicht wechseln können. Ich schimpfte die ganze Zeit vor mich hin, doch als ich endlich hinausgehen wollte, sagte Herr André noch: ›Ich werde jetzt schlafen, bis er kommt. Ich verspreche es dir. Bitte.‹ Da ging ich hinaus, sonst hätte er doch wieder von meinem Namen angefangen, und davon hatte ich genug. Die Tür ließ ich angelehnt.

Die Martha saß längst wieder in der Küche auf ihrem Sofa. Sie war beim Geldzählen und klappte schnell die eiserne Kassette zu, als sie mich kommen hörte. Die Kassette steckte sie hinter das Sofakissen und lehnte sich dagegen. Ich tat so, als ob ich es nicht gesehen hätte. ›Da ist das Geld für das Zimmer‹, sagte ich. ›Ich konnte nicht gleich kommen, er wollte etwas von mir, du weißt ja, wie das ist. Ich muß auch gleich wieder hin.‹ Das sagte ich, damit die Martha glaubte, es sei alles in Ordnung. Den Schein reichte ich ihr über den Tisch hin. Es war viel zuviel Geld für das Zimmer, auch für die ganze Nacht war es zu viel, fast das Doppelte. Das wußte ich, und die Martha wußte es auch. Ich wollte jetzt nicht mit ihr streiten, ich wollte sie überraschen, und sie war auch überrascht, ließ sich aber nichts merken. Sie hielt den Schein in der Hand und besah ihn sich. ›Der ist echt‹, sagte ich. ›Oder ist es etwa immer noch nicht genug?‹ Da steckte sie das Geld in die Tasche ihres Morgenrocks und sagte: ›Es ist schon gut.‹ Und um sie abzulenken, fragte ich sie, was für Leute da eben gekommen wären, und zeigte mit dem Kopf zum Korridor hin. Sie sagte: ›Ach die. Die bleiben nicht lange.‹ Und ich sagte: ›Du verstehst dein Geschäft, Martha. Mir sagst du, es sei kein Zimmer mehr frei, und vermietest mir das teure Zimmer, und es war doch eines frei.‹ Ich konnte es mir nicht verkneifen, obwohl ich mir vorgenommen hatte, sie nicht zu reizen. Sie seufzte auch nur und stöhnte über die hohen Abgaben, und daß es sich überhaupt nicht mehr lohne, und solchen Quatsch. Und daß die Wäscherei schon wieder teurer geworden wäre, und die Frau für die Treppe wolle auch mehr haben, und sie selber könne doch nicht die Treppe auch noch machen. Die ganze Zeit bemühte sie sich, nicht auf die beiden andern Scheine zu blicken, die ich in der Hand hielt, aber ich wußte, daß es sie aufregte, und das war auch meine Absicht. ›Er hat viel Geld‹, sagte ich beiläufig, und sie seufzte und riet mir, nur ja vorsichtig zu sein. ›Schläft er jetzt?‹ fragte sie, und ich tat gleichgültig und sagte: ›Du weißt ja, wie die Männer sind.‹ Da meinte sie, dann hätte ich ja vielleicht Zeit für eine Tasse Kaffee. ›Da auf dem Herd steht welcher. Du brauchst mir natürlich nichts zu bezahlen. Wir sind ja Freundinnen.‹ So ging ich denn zum Herd, um mir eine Tasse einzuschenken. Das Geld ließ ich solange auf dem Tisch liegen, damit sie es sah. ›Da ist auch Zucker und Milch‹, sagte sie, und ich bedankte mich. Dann setzte ich mich mit der Tasse an den Tisch und trank einen Schluck. ›Das tut gut‹, sagte ich, und sie erzählte mir, wo sie den Kaffee immer kaufe und welche Sorte es sei. Das Geld schob ich etwas beiseite, um mich auf den Tisch aufstützen zu können. ›Ja, das tut gut‹, sagte ich noch einmal. Ich überlegte, wie ich es anfangen sollte, damit sie nicht erst wieder mißtrauisch wurde. Sie wunderte sich sowieso, daß ich es mir da an ihrem Tisch gemütlich machte. ›Willst du denn gar nicht zu ihm?‹ fragte sie nach einer Weile, und ich sagte nur: ›Ach die Männer.‹ Ich strich die beiden Geldscheine, den großen und den kleineren, noch einmal glatt und schob sie dann wieder beiseite, als ob sie mich nicht interessierten. Die Martha sah mir dabei zu; sie dachte, daß es das Geld sei, das ich dabei verdient hatte, und wunderte sich, weshalb ich es zeigte und so offen liegen ließ. ›Soll er sich nur ausruhen‹, sagte ich. ›Dazu braucht er mich nicht. Ja, wenn alle so viel Geld hätten wie der.‹ Dann schwieg ich, und die Martha seufzte vor sich hin. Ich trank den Kaffee ganz langsam und tat, als ob ich müde wäre. Ich ließ die Martha zappeln. Schließlich sagte ich: ›Ja, da fällt mir ein: ist Max hier?‹ Max, so heißt ihr Neffe. Ich wußte natürlich, daß er da war. Seine Mütze und sein Schal hingen an der Küchentür, das hatte ich längst gesehen. Er schläft immer in dem Verschlag neben der Küche; früher war es wohl eine Speisekammer. Abends und in den ersten Nachtstunden treibt er sich auf der Straße und in den Lokalen herum und gibt den Paaren eine Karte mit der Adresse der Martha. Sie hat sich nämlich solche Karten drucken lassen; es steht ›Bürgerliche Pension‹ und ›Preiswerte Unterkunft‹ darauf, damit die Polizei nichts sagen kann. So hilft der Bengel seiner Tante. Aber ich glaube, er verkauft auch unanständige Postkarten. Es wird kein gutes Ende mit ihm nehmen.

Die Martha ging sofort hoch. ›Max? Was soll Max?‹ fragte sie. Wenn es um ihren geliebten Max geht, gerät sie gleich in Aufregung. Ich schob das Geld ein paar Zentimeter zu ihr hin. Sie war ganz nervös. Ich sagte: ›Ach nichts. Und wenn er doch nicht da ist, brauchen wir gar nicht erst davon zu reden.‹ Ich zog das Geld wieder zu mir hin. ›Was soll denn Max?‹ fragte sie, und ich sagte: ›Ach, nichts Besonderes. Wir müssen nämlich jemand eine Nachricht schicken, das ist alles.‹ Ich rückte mit dem Stuhl zurück, als ob ich aufstehen wollte. ›Also dann! Und vielen Dank auch für den Kaffee, Martha‹, sagte ich. ›Eine Nachricht?‹ rief sie erschrokken. Und ich sagte: ›Ja, an einen Freund oder an einen Bekannten, was weiß ich. Der soll ihn abholen.‹ Und die Martha fragte: ›Abholen? Warum denn abholen?‹ und ich sagte: ›Das mußt du mich nicht fragen. Vielleicht will er in seinem eigenen Wagen nach Haus fahren. Diese reichen Leute haben ihre Launen. Vielleicht will er sich auch nur einen sauberen Anzug bringen lassen; denn den, den er anhatte, das hast du ja selbst gesehen, kann man glatt in den Mülleimer werfen. Ich habe ihm das mit der Nachricht ausreden wollen. Ich habe ihm gesagt, wozu denn erst das teure Zimmer mieten und das Geld wegschmeißen, wir können ja ein Taxi kommen lassen. Vielleicht ist es auch nur, weil er mich schon wieder satt hat. Du weißt ja, wie die Männer sind: erst tun sie verliebt wie junge Hunde und lecken dir die Hand, und dann können sie einen nicht schnell genug wieder loswerden. Das kennt man. Was geht es mich an, wenn er sein Geld durchaus wegwerfen will, das ist nicht meine Sache. Ja, ich glaube, er sagte irgend etwas, daß er und sein Freund morgen früh mit dem Flugzeug nach Amerika wollen, und er müsse noch baden und sich rasieren. Von mir aus! Und wenn es nur faule Ausreden sind, interessiert es mich auch nicht. Das geht mir zum einen Ohr rein und zum andern Ohr wieder raus. Wenn ich mir all die Lügen anhörte, die man mir erzählt, könnte ich meinen Beruf an den Nagel hängen und mich selbst dazu. Laß ihn doch nach Haus fahren, wenn er will. Um so besser. Du hast dann dein teures Zimmer wieder frei, und bezahlt hat er ja genug dafür, gib es nur zu. Und ich komme auch endlich ins Bett. Man wird sich bei uns sowieso schon wundern, wo ich geblieben bin.‹ Ich tat wieder so, als ob ich aufstehen wollte. Die Martha fragte: ›Was für eine Nachricht denn?‹, doch ich antwortete gar nicht, ich sah mir das Geld an, das ich die ganze Zeit in der Hand hielt, und sagte nach einer Weile: ›Na, genug ist es ja wenigstens‹, und wollte es wegstecken. Die Martha war ganz nervös und fragte noch einmal: ›Was für eine Nachricht denn?‹ Ich antwortete ihr verärgert: ›Ich habe dir doch gesagt, daß ich das nicht weiß und daß es mich nicht interessiert. Ja, da fällt mir ein, er hat mir irgendeinen Wisch gegeben. Wo habe ich ihn nur?‹ Ich holte den Zettel aus der Tasche. ›Ja, da ist er. Da steht die Adresse drauf, ich habe sie mir noch nicht einmal angesehen. Da!‹ Ich reichte der Martha den Zettel hinüber; sie setzte sich ihre Brille auf und las ihn. Es war zum Lachen; sie machte dabei ein Gesicht wie eine Lehrerin. ›Übrigens kenne ich den Freund vom Ansehen. Auch die andern Mädchen bei uns kennen ihn. Das ist auch so einer aus guter Familie, wenn du mich fragst, der nicht weiß, was er will. Ich hatte nur gedacht, daß der Max sich da etwas verdienen könnte. Dieser Freund, oder was er ist, wird ihm sicher auch noch etwas geben. Das ist so eine Gelegenheit. Die werden froh sein, weißt du, daß sie den Meinigen wiederhaben und rechtzeitig in ihr Flugzeug kriegen. Na, gib mir den Zettel wieder her. Ich soll ein Taxi hin und zurück nehmen, hat er gesagt. Dafür hat er mir das da gegeben.‹ Ich stand auf und griff nach dem Zettel, aber die Martha gab ihn nicht her, sie fragte erschrocken: ›Du willst doch nicht etwa selber fahren?‹ Und ich sagte: ›Was bleibt mir denn andres übrig, wenn Max nicht da ist. Leider steht keine Telefonnummer darauf, sonst wäre das alles nicht nötig. Also gib schon den Zettel her. Mein Gott, was für Umstände!‹ Die Martha fragte ganz entsetzt: ›Du willst doch nicht wirklich fahren?‹ Und ich sagte: ›Ja, warum denn nicht? Und wenn er es so will. Im Taxi kann ich mich ausruhen.‹ ›Und er? Und was soll ich mit ihm hier allein?‹ fragte die Martha. ›Daß ich nicht lache, Martha‹, sagte ich. ›Was ist bloß in dich gefahren? Das Zimmer ist doch bezahlt, und ob er da allein schläft oder mit mir, kann dir doch ganz gleich sein. Laß ihn da nur solange schlafen, das kann uns beiden nur recht sein. Wer schläft, der sündigt nicht, wie sie es nennen. Und ich verdiene ja auch ganz gut dabei‹, sagte ich und besah mir das Geld wieder. ›Das wirst du wohl einer Freundin gönnen. Also, gib mir den Zettel.‹ Da stöhnte die Martha: ›Wenn es nur keine Scherereien gibt. Ich habe so ein schlechtes Gefühl. Ich hatte gleich ein schlechtes Gefühl, als du mit ihm ankamst.‹ Ich lachte sie aus. ›Sei doch nicht albern, Martha‹, sagte ich. ›Meinst du, daß ich Scherereien haben will? Und was soll es denn für Scherereien geben, wenn einer sich ausschläft? Wirklich, du bist komisch, nimm es mir nicht übel. Bei Leuten wie denen da hat man weniger Scherereien als mit andern. Die haben nur ihre Launen, das ist alles. Aber sie haben Einfluß, und die Polizei macht noch eine Verbeugung vor ihnen. Doch wozu darüber reden? Ich muß mich auf den Weg machen. Ich zieh mir jetzt den Mantel und die Schuhe an und fahr los. Also, bis nachher.‹

›Max ist da‹, sagte die Martha schnell. Ich tat ganz verwundert. ›Was? Max ist da?‹ sagte ich. ›Ich dachte, er wäre noch auf der Straße. Warum hast du das nicht gleich gesagt. Und da rede ich mir hier den Mund fusselig.‹ Und die Martha fing an zu jammern: ›Er muß doch auch einmal schlafen, der arme Junge. Er ist im Wachstum und bekommt viel zuwenig Schlaf. Ich sage immer zu ihm: du brauchst mindestens acht Stunden Schlaf, Max; deine Drüsen sind nicht in Ordnung, hat der Doktor gesagt. Und mit den Bronchien hat er es auch. Er raucht zuviel für sein Alter. Aber der Junge hört ja nicht auf mich. Wie soll das nur werden, wenn ich einmal nicht mehr da bin.‹ Ich tröstete die Martha, ich sagte: ›Laß ihn doch nur ja schlafen, Martha. Die Gesundheit geht vor, und nachher machst du mir womöglich noch Vorwürfe. Ich kann das gut allein erledigen.‹ Ich stand auf und ging zur Küchentür, doch die Martha rief: ›Was rennst du denn gleich weg? Ich will doch mit Max sprechen. Und wenn du mir versprichst, daß es keine Scherereien gibt . . .‹ Und ich sagte: ›Laß doch das Ganze, Martha. Weck den armen Bengel nicht erst.‹

Doch sie war schon hinter ihrem Tisch hervorgekrochen und zu dem Verschlag gegangen. Wenn sie will, kann sie sehr schnell sein, obwohl sie immer so tut, als ob sie sich kaum bewegen kann. So setzte ich mich wieder an den Tisch mit dem Geld in der Hand. Was sie da drinnen flüsterten, konnte ich nicht hören, aber nach einiger Zeit hatte sie ihn wach und kam mit ihm heraus. Er war barfuß und hatte einen knallroten Schlafanzug an. ›Guten Abend, Max‹, sagte ich; ›es tut mir leid, daß die Martha dich geweckt hat. Das ist nicht meine Schuld.‹ Er sah ganz verschlafen aus, und das Haar war ihm durcheinander. Er brummte nur. Ich glaube, er sagte: ›Scheiße.‹ Das ist immer das zweite Wort bei diesen Bengeln, das kennt man. Dabei schielte er zu dem Geld hin; er kann einem nie richtig in die Augen sehen. Die Martha hatte ihm also schon von dem Geld erzählt. ›Hin und zurück im Taxi‹, sagte ich. ›Bezahl den Fahrer lieber vorher, sonst glaubt er dir nicht. Die Rückfahrt wird sowieso der andere Herr bezahlen, das wird er sich nicht nehmen lassen; wenn du es richtig anstellst, wird er dir sicher auch noch etwas geben. Das sind reiche Leute. Und die Adresse? Ja, wo ist denn der Zettel, Martha. Du hast doch hoffentlich nicht den Zettel verloren?‹ Aber den Zettel hatte der Max in der Hand, ich tat nur so. Max starrte auf den Zettel und sagte nur wieder: ›Scheiße!‹ Und die Martha jammerte: ›Er is so müde. Er kommt aus tiefem Schlaf. Und du wirst dich noch erkälten, Max, wenn du hier barfuß herumstehst. Wo sind bloß deine Pantoffeln?

Ich sag dir doch immer . . .‹ Doch Max fuhr sie an: ›Halt den Mund!‹, und mich fragte er: ›Was ist denn das für ein warmer Bruder?‹ Da stand ich auf und sagte: ›Ach, gib mir den Zettel. Wenn du dich so benimmst, fahr ich lieber selber. So leicht verdiene ich mein Geld nicht jeden Tag.‹ Doch Max sagte, ich solle nicht quatschen, und zog sich auch schon Hose und Jacke über den Schlafanzug. Und während er sich die Schuhe anzog, kam die Martha mit seinem Schal und seiner Mütze und jammerte: ›Daß du dich bloß nicht erkältest.‹ Und er fuhr sie wieder an und sagte: ›Halt endlich deinen Mund.‹ Und zu mir sagte er: ›Gib her!‹ Da gab ich ihm das Geld und bat ihn, recht höflich zu sein und sich anständig zu benehmen, denn es wäre ein guter Kunde von mir, und er antwortete immer nur ›Scheiße!‹ Und die Martha, so dick wie sie war, wollte sich auf den Boden hinknien, weil unten an seinem Hosenbein ein Stück von dem roten Schlafanzug zu sehen war, aber er stieß sie zurück und rannte los, wie er war. Martha trippelte hinterher und ich auch. Ich horchte, ob er auch wirklich die Treppe hinunterging, und hörte, wie er unten die Haustür zuwarf und auf der Straße weglief. Zur Martha sagte ich: ›Leg doch die Kette gar nicht erst wieder vor‹, und da sie wieder seufzte und ich von dem Gejammer genug hatte, sagte ich: ›Na, ich werde mich solange hinlegen und etwas aufwärmen. Ich habe ganz kalte Füße bekommen. Ich werde es schon hören, wenn Max mit dem andern zurückkommt. Schlafen kann ich jetzt doch nicht.‹ Ich ließ sie da stehen und ging schnell ins Zimmer und machte die Tür zu. Ich drehte sogar den Schlüssel herum, nur damit die Martha es hören sollte.

Herr André lag ruhig da und hatte die Augen geschlossen. Er hatte also sein Versprechen gehalten, darüber war ich froh. So brauchte ich nicht wieder mit ihm zu schelten. Ich ging leise ans Bett. Er schien wirklich eingeschlafen zu sein. Die eine Hand lag auf der Bettdecke; sie sah ganz gesund aus. Ich beugte mich auch über ihn. Er atmete regelmäßig. Er machte einen ganz zufriedenen Eindruck. Darüber war ich natürlich froh, wie Sie sich denken können. Nach all dem Hin und Her! Ich hatte schon fast die Hoffnung aufgegeben, und nun war es doch das Richtige, daß ich ihn erst einmal zum Schlafen gebracht hatte. So setzte ich mich denn auf den Stuhl bei dem Tisch. Ich setzte mich so, daß ich Herrn André im Auge behalten konnte. In den Plüschsessel setzte ich mich lieber nicht; denn natürlich war ich müde von all der Aufregung und wäre doch vielleicht eingeschlafen. Doch ich stand noch einmal auf und holte das Kissen, das im Sessel lag, um es mir unter die Füße zu tun. Die Martha sah es ja nicht; sie hätte sicher über ihr Kissen gejammert. Eines mit dicker Blumenstickerei darauf. Handarbeit. Bei der Martha ist alles altmodisch, sie hat eine Vorliebe dafür. Kein Mensch würde heute so ein Kissen in seinem Zimmer haben wollen. Aber ich hatte wirklich eiskalte Füße von den Fliesen in der Küche. Natürlich horchte ich auf das, was im Haus vorging. Nebenan kicherte eins von den Weibern, das war alles, und von draußen hörte man nur das Rauschen von der Hauptstraße um die Ecke. Von der Martha war nichts zu hören. Sie hatte sich wohl wieder auf ihr Küchensofa gesetzt und zählte ihr Geld.

Ich dachte über alles nach, ich hatte endlich Zeit dazu. Ich hatte Herrn André versprochen, nicht einzuschlafen, während er schlief. Trotzdem ärgerte ich mich wieder. Wenn man nachdenkt, kommt einem der Ärger sofort hoch. Man ärgert sich über sich selbst, das ist es. Darum ist es besser, man bleibt beschäftigt. Ich wollte mir eine Zigarette anzünden, aber ich ließ es wegen Herrn André. Zu dumm, daß ich draußen bei der Martha nicht geraucht hatte; ihr macht es nichts aus. Auch darüber ärgerte ich mich. Man wird nervös davon, wenn man ans Rauchen denkt und nicht rauchen darf. Und überhaupt, was hatte ich mit der ganzen Sache zu schaffen? Herr André schlief, und das Zimmer war bezahlt. Er brauchte mich gar nicht mehr. Er hatte sich seinen Freund bestellt. Von mir aus konnten sie machen, was sie wollten. Ich war ganz überflüssig. Ich war die Dumme, ich ließ mich nur ausnutzen. Im Ernst, sie nutzten mich aus. Von Herrn André will ich nicht reden, er war krank, aber dieser sogenannte Freund und seine Leute, die machten sich die Sache einfach. Das müssen Sie doch zugeben. Ich saß da auf dem unbequemen Stuhl und wagte vor lauter Rücksicht nicht einmal zu rauchen, während die sich um nichts kümmerten. Ich verlor nur meine Nachtstunden und meinen Verdienst. Bestimmt hätte ich unterdessen etwas verdienen können, ganz gleich, wieviel; mir ist noch keine Nacht ohne Verdienst vergangen, Sie können sich bei uns erkundigen, wenn Sie mir nicht glauben. Und was sollte ich bei mir im Haus sagen? Wenn ich erzähle, wie es war, wird man mich auslachen. Man wird mir nicht einmal glauben, daß es so gewesen ist. So dumm ist keine, daß sie sich auf so etwas einläßt. Die Martha hatte ganz recht, daß sie mir nicht traute. Und wenn Sie es richtig bedenken, hätte ich auch jetzt noch ruhig weggehen können. Herr André schlief endlich und hätte es nicht gemerkt. Er brauchte mich nicht mehr. Wenn dann sein Freund endlich kam, um ihn abzuholen, würde keiner danach fragen, wo ich geblieben wäre. Und auf Dank kann ich verzichten; dafür kann ich mir nichts kaufen. Es war schon ziemlich spät, das ist wahr, aber ich hätte trotzdem noch etwas verdienen können, und wenn ich mit einem Kunden nach Haus gekommen wäre, hätte man auch nicht erst viel gefragt. Auch um diese Zeit gibt es immer noch Kunden. Wenn die Lokale geschlossen werden, wissen sie nicht wohin und mögen manchmal noch nicht nach Haus gehen. Dann kommen sie zu uns. Nur um noch ein Bier zu trinken, sagen sie, aber oft bleiben sie.

Aber ich blieb trotzdem. Das Zimmer war viel zu teuer bezahlt. Und dann das viele Geld, das der Max für den kleinen Weg bekommen hatte. Womöglich ging er damit über alle Berge, wenn ich nicht aufpaßte. Ich wollte es auch diesem Freund von Herrn André vorrechnen, wenn er kam, was ich alles ausgegeben hatte, damit er nicht dachte, ich hätte mir etwas von dem Geld eingesteckt. Deshalb blieb ich, ich wollte mir nichts nachsagen lassen. Ich hatte es Herrn André versprochen, und er war doch hilflos wie ein Kind. Er schlief da einfach, als ob nichts wäre, und überließ mir den ganzen Ärger. Ich dachte mir auch schon eine Ausrede aus, wenn sie mich bei uns im Haus fragten, wo ich die ganze Zeit geblieben wäre. Ich wollte sagen, daß mir zufällig ein Verwandter in den Weg gelaufen wäre; wir hätten uns wiedererkannt und wären dann losgezogen, um zu feiern. Einen aus meiner Heimat, mit dem ich als Kind zusammen in die Schule gegangen war und der hier Geschäfte in der Stadt hatte. So etwas kommt tatsächlich vor, obwohl man es nicht glauben sollte, aber die Welt ist klein. Und das mit der Heimat verstehen sie bei uns alle und lachen einen nicht aus. Sie tun sich sogar groß damit, wenn davon geredet wird, und zeigen dann Bilder herum von der Schule und der Konfirmation. Wenn eine ein Bild zeigt, kramen auch gleich die andern in ihren Schubladen nach Fotos, das kennt man. Sie prahlen damit, was für eine schöne Zeit das war, obwohl man es doch an den komischen Kleidern auf den Bildern sieht, daß es keine schöne Zeit war. Der Freund von Herrn André hat recht. Wir sprachen nämlich davon – das war später, als er gekommen war und wir Herrn André noch schlafen lassen wollten – und er sagte: ›Das ist so furchtbar, daß man nicht davon reden darf, sonst werden die Menschen zu traurig.‹ Oder so ähnlich. Aber bei uns sind sie eben so. Sie glauben es selbst.

Auch an meine Herrin dachte ich, das ist klar. Ich hatte ja Herrn André bei ihr kennengelernt, und nun lag er bei mir. Ich mußte also schon an sie denken, obwohl ich keine Lust dazu hatte. Ich wollte nie wieder etwas mit ihr zu tun haben, aber vielleicht hätte ich sie Herrn Andrés wegen benachrichtigen müssen, daß es ihm schlechtging. Vielleicht wollte er das und genierte sich nur, es mir zu sagen. Doch wie sollte ich sie benachrichtigen. Das war nicht so einfach wie mit seinem Freund, der in einem Hotel in der Stadt wohnte. Es gab auch keinen Zettel mit der Adresse. Meine Herrin wohnt auf der andern Seite des Flusses, noch hinter den schwarzen Wäldern, doch vielleicht wohnte sie schon längst nicht mehr da, und ob sie im Adreßbuch stand und ein Telefon hatte, wußte ich auch nicht. Jetzt weiß ich, daß dauernd herumtelefoniert wird und daß die da nebenan nur auf der Lauer liegt, um gleich zu telefonieren, wenn sie etwas merkt – ohne ihr Telefon kommen die schon gar nicht mehr aus, glauben Sie mir –, aber damals wußte ich es nicht. Wieso? Ich hatte meine Herrin ziemlich vergessen. Und wahrscheinlich hätte ich nie wieder an sie gedacht, wenn es nicht wegen Herrn André gewesen wäre. Ohne sie hätte ich ja nicht einmal gewußt, daß er Herr André hieß. So hatten wir ihn damals genannt, und er hat sich ja auch nicht gewundert, als ich ihn in der Kneipe so anredete. Gewundert hat er sich nur, daß jemand seinen Namen kannte. Meine Herrin nannte ihn so, wenn sie ihn anredete. Doch es kann auch sein, daß sie ihn nicht so anredete und daß sie überhaupt keinen Namen nannte, wenn sie mit ihm allein war. Sie redete einen nämlich nie mit Namen an, das ist wahr. Darum dürfen Sie Herrn André auch keinen Vorwurf machen, daß er meinen Namen nicht kannte. Er konnte ihn gar nicht kennen. Auch Herr André sagte zu meiner Herrin immer nur ›Liebling‹ oder was man so sagt, und oft sagte er auch: ›Jawohl, meine Gnädigste!‹ und machte dabei eine komische Verbeugung. Nur wenn meine Herrin mit uns sprach, nannte sie seinen Namen. Sie sagte dann: ›Wo ist Herr André?‹, oder: ›Herr André braucht neue Wäsche‹, oder: ›Es ist nichts mehr zu rauchen da für Herrn André.‹ Deshalb nannten auch wir ihn so. Wir hatten ihn alle gern und fragten: ›Ist es recht so, Herr André?‹, und er bedankte sich und machte Witze. Meine Herrin, wenn sie gerade dabei war, schwieg dazu, aber sie beobachtete alles. Wir hatten nämlich Angst vor ihr, das weiß ich jetzt. Damals wußten wir es nicht, wir meinten, es müsse so sein. Und sie war ja auch immer nur freundlich zu uns und sorgte dafür, daß es allen gutging. So wie sie für uns sorgte, sorgt hier niemand für einen. Hier muß man wegen jeder Kleinigkeit Krach machen, sonst ist man verloren, aber damals sorgte unsere Herrin für uns, und wir kamen auf keine andern Gedanken. Und sagen Sie doch selbst: was hätte ich meiner Herrin denn über Herrn André telefonieren können? Daß ich ihn da in der Kneipe gefunden hätte und daß er krank war? Vielleicht war er gar nicht so krank, vielleicht hatte er nur herumgebummelt, und meine Herrin interessierte das gar nicht. Ich habe das alles genau überlegt, das dürfen Sie mir glauben. Außerdem war ich etwas müde, das müssen Sie verstehen. Der Kaffee von der Martha war nicht sehr stark gewesen, und ich bin auch so gewöhnt an Kaffee, daß ich trotzdem einschlafen kann, wenn ich welchen getrunken habe. Daher sagte ich mir, daß es sicher das Richtige für Herrn André wäre, wenn ich erst einmal abwartete, ob dieser Freund mit Max käme. Lange konnte es ja nicht dauern, da ich dem Max Geld für das Taxi gegeben hatte.

Ich will Ihnen nämlich etwas sagen. Aber bitte, kommen Sie etwas näher, damit ich nicht so laut zu reden brauche; die da nebenan braucht es nicht zu hören. Soll sie nur denken: Ach, die da im Bett, die habe ich in meiner Gewalt. Lassen Sie sie ruhig dabei. Wenn die eine Ahnung hat, was ich Ihnen erzähle, wird sie gleich angeschossen kommen und mir den Puls fühlen und so fürsorglich tun. Das sind alles nur Tricks. Trauen Sie ihr nur nicht, Sie sind viel zu jung, um all ihre Tricks zu kennen. Ich aber kenne sie, und ich verstelle mich nur, damit sie sich sicher fühlt und keine Maßnahmen ergreift. Sie hat natürlich auch solche Spritzen, mit denen sie einen machtlos machen will. Das kennt man. Sicher hat sie Ihnen gesagt, daß Sie sie rufen sollen, wenn ich eine

Spritze brauche, geben Sie es nur zu. Das Bein tut mir etwas weh und Kopfschmerzen habe ich auch, aber das macht unsereinem nichts aus; wir sind abgehärtet. Ich will keine Spritze, ich will wach bleiben. Hören Sie zu, Sie können mir dabei helfen. Stellen Sie sich dumm, das ist es. Die da sind viel zu raffiniert für Sie, aber so raffiniert nun auch wieder nicht. Vor lauter Raffiniertheit halten sie nämlich alle andern Leute für dumm. Natürlich ist die da nebenan mißtrauisch und hört, daß ich Ihnen hier etwas erzähle. Wenn Sie gefragt werden, was ich Ihnen erzählt habe, antworten Sie nur: Ach, nichts Besonderes. Von ihrem Beruf und solchen Sachen hat sie geredet, alles durcheinander. Ich habe gar nicht mehr hingehört, es machte mich nur müde. Ja, sagen Sie das ruhig; in Ihrem Alter wird man leicht müde, das schadet nichts. Und sagen Sie ruhig ›durcheinander‹. Mich beleidigen Sie damit nicht. Sie wollen doch Arzt werden, nicht wahr? Ach, wie jung Sie noch sind. Sie tun mir richtig leid. Die da werden Sie im Handumdrehen hineinlegen.

Kommen Sie ganz nahe, bitte. Ich will Ihnen etwas fürs Leben verraten. Nein, schnell! Richten Sie sich wieder hoch. Sie horcht an der Tür. Sie hat gemerkt, daß wir flüstern. Lesen Sie in ihrem Buch. Tun Sie verschlafen. Lassen Sie mich nur machen . . . Fragen Sie einfach nach der Marie. Mich kennt da jeder. Dann nähe ich Ihnen den Knopf an. Soviel Zeit habe ich immer. Sie können auch an meinem freien Tag kommen. Die Lissi vertritt mich. Die Lissi ist eine richtige Schlampe. Das sage ich ihr auch ins Gesicht, ich stehe mich gut mit ihr. Du mit deinen Salben und Parfums, sage ich zu ihr. Du solltest dich lieber mehr waschen. Aber sie ist eben eine Schlampe, da ist nichts zu machen, und viele Kunden stört es nicht; sie ist trotzdem beliebt. Ich sage ihm nämlich gerade, Schwester, daß er zu mir kommen soll. Ich habe noch solche Knöpfe in meinem Knopfkasten, wie ihm da einer fehlt. Diese jungen Leute können sich ja nicht selber helfen ...

So. Das hätten wir geschafft. Jetzt geht sie in den Saal zu den andern Frauen und dann telefoniert sie, daß ich immer noch über den Knopf rede. So einfach ist das. Und das mit dem Pulsfühlen haben Sie gut gemacht, Sie haben schon etwas gelernt. Erst wollte sie selber ans Bett kommen, aber als Sie mir den Puls fühlten und den Kopf schüttelten, ließ sie es. Und das mit der Lissi hat sie konfus gemacht. Dabei stimmt es, was ich von der Lissi gesagt habe. Es gibt mehr solche Mädchen, als Sie denken. Ach, haben Sie eine Ahnung. So von außen sehen sie piekfein aus und riechen gut, aber wenn Sie genau hinsehen, merken Sie, daß sie sich nur gerade das Gesicht waschen, und schon am Hals ist ein schwarzer Strich. Doch mir kann keiner etwas nachsagen. Fragen Sie nur bei den Leuten nach, die mich ausgezogen und operiert haben. Der Schmutz war vom Kotflügel der Limousine und von der Straße, wo ich hingefallen bin, aber sonst werden die sich gewundert haben, wie sauber ich bin. Das wird ihnen nicht oft passieren. Ich habe noch gebadet, bevor ich ins Kino ging. Man kann ja nie wissen. Ich bin es auch so gewohnt von damals. Meine Herrin achtete sehr darauf. Sie duldete keinen Schmutz.

Ich will Ihnen sagen, warum ich sie nicht benachrichtigt habe. Ich hatte Angst wegen Herrn André. Ich hatte auch selber Angst, das ist wahr, aber das war es nicht allein: ich hatte Angst, daß sie Herrn André etwas antun könnte. Und er war doch ganz wehrlos. Deshalb wartete ich lieber auf diesen andern Mann, auf seinen Freund. Denn Sie dürfen nicht vergessen: schließlich hatte Herr André damals meine Herrin verlassen, das wußte ich doch, und vielleicht war sie noch wütend und wollte gar nichts von ihm wissen. Sie war damals ganz blaß vor Wut. Sie ließ es sich nicht anmerken, aber wenn sie zornig war, merkten wir es daran, daß sie noch blasser wurde als sonst. Sie schalt dann nicht, das war viel schlimmer. Im Gegenteil, sie war noch freundlicher zu uns als gewöhnlich, darum fürchteten wir uns vor ihr. Und wenn ich ihr jetzt Nachricht gegeben hätte, würde sie wahrscheinlich gesagt haben: ›Ich weiß gar nicht, wovon Sie sprechen. Wer sind Sie eigentlich, Fräulein?‹ So war sie nämlich, das war ihre Art. Es hätte mich sehr gekränkt.

Herr André schlief ja auch, seine Hand lag immer noch friedlich auf der Bettdecke. Und die bräunlichen Flecke auf seinem Bauch und der Brust waren nicht zu sehen. Vielleicht kamen sie nur von Sonnenbrand. Manchmal wird dann die Haut an solchen Stellen nicht wieder genauso wie vorher. Die Männer haben keine schönen Körper. Die, die zu uns kommen, nicht. Das ist man gewohnt. Aber natürlich redete ich mir das nur ein. Wenn man allein ist und nachdenkt, redet man sich leicht etwas ein. Ich wußte ganz genau, daß Herr André sehr krank war. Sie müssen auch wissen, daß er einen sehr schönen Körper hatte, damals meine ich, als ich ihn zuerst sah. Ich habe ihn oft genug gesehen, so etwas vergißt man nicht, auch wenn man überhaupt nicht mehr daran denkt, weil es keinen Sinn hat und doch nichts daran zu ändern ist. Aber wenn man dann plötzlich einem wiederbegegnet, erinnert man sich an alles, und es macht einen traurig. Wenn andere mir so etwas erzählen, mache ich mich über sie lustig. Ich sage dann: Ach, hör auf mit dem albernen Zeug. Du weißt doch selbst, daß es nicht stimmt. Denn vielleicht war Herr André gar nicht so schön gewesen, wie ich dachte, ich bildete mir das nur ein wegen der häßlichen Flecken. Ich war ja noch ein dummes Ding damals, ich bin erst später klug geworden. Damals hatte ich gar keine Erfahrung; ich nahm alles für wahr und meinte, es müßte so sein. Aber trotzdem wurde ich traurig, sehr traurig sogar, lachen Sie nicht. Ich fragte mich: Wie ist das nur möglich? Warum muß selbst Herrn André so etwas passieren. Das ist doch unrecht. Bitte lachen Sie nicht. Ich erzähle es nur, damit Sie wissen, was ich dachte. Ich war wohl auch nur müde.

Bei uns da drüben ist das Wetter viel gleichmäßiger als hier. Man kann da immer leichte Kleider tragen, ohne sich zu erkälten. Husten und solche Krankheiten gibt es da nicht. Niemand ist da krank. Der Regen kommt nicht über den Fluß, heißt es, er bleibt in den schwarzen Wäldern hängen. Sicher denken Sie, daß ich mir das nur einbilde. Alle Leute meinen ja, daß das Wetter früher besser gewesen ist. Sie jammern, daß es von Jahr zu Jahr schlechter wird, fragen Sie nur irgend jemand. Aber daß wir damals viel leichtere Kleider trugen, das stimmt, so etwas vergißt man nicht. Auch meine Herrin ging immer nur ganz leicht gekleidet. Ich muß es ja wissen, ich hatte ja für ihre Sachen zu sorgen und half ihr beim Ankleiden. Dafür war ich damals da. Wir brauchten keine warme Unterwäsche und keine

Wintermäntel. Auch um die Mode kümmerten wir uns nicht. Es gibt da keinen Sommer und Winter wie hier, glauben Sie mir nur. Abends, bevor sie die Straßenlaternen und die Lichtreklame anmachen, sieht man es manchmal von hier. Es ist da eine Stelle im Westen, wo es heller bleibt; man sieht es an den Wolken, sie haben unten einen goldenen Saum. Dorthin möchte man natürlich, wenn man es hier nicht mehr aushält. Aber selbst Herr André ist davon krank geworden und hat nun diese bräunlichen Flecken. Und Herr André war stärker als die andern, die es versuchen; er hat es ja sogar fertiggebracht, zurückzukommen, das ist noch keinem gelungen.

Denn viele versuchen es, viel mehr, als Sie denken, und kommen nicht einmal bis dahin. Sie kommen nur über die Brücke und bis zu den roten Fabriken, und weil sie nichts zu essen haben, bleiben sie da und arbeiten. In den Fabriken brauchen sie immer Arbeiter. Die Leute denken, wenn wir genug verdient haben, gehen wir weiter, aber dazu kommt es nicht; inzwischen sind sie alt geworden und haben geheiratet. Und auch die, die da nicht hängenbleiben, kommen nicht bis zu uns. Die Wälder sind zu groß, sie verirren sich dort und müssen es vor Erschöpfung aufgeben. Man hört nie wieder von ihnen; denn da in den Wäldern sucht die Polizei nicht nach denen, die verloren gegangen sind. Die Polizei meint, sie wären in den Fluß gefallen, und fischt dort mit Netzen und Stangen danach; sie wundert sich, wenn sie nichts findet. Sie meint, es läge an der Strömung, und die Toten wären ins Meer getrieben. Das steht dann in der Zeitung und jeder glaubt es. Eigentlich darf ich Ihnen das alles nicht erzählen. Es ist uns streng verboten. Aber Sie sind so jung, wie Herr André damals war.

Denn selbst wenn einige bis zu uns an den Waldrand gelangen, und das kommt vor, ja, dann nützt es ihnen nichts. Wir haben ja Hunde, darum wissen wir vorher, wenn jemand kommt. Wir haben auch Wächterinnen, die zusammen mit den Hunden aufpassen. Die Hunde wittern es lange vorher; sie stehen da und wittern in die Richtung, aus der der Fremde kommt. Sie bellen nicht, und sie wedeln dann nicht mit dem Schwanz. Sie stehen ganz ruhig da und warten. Es sind friedliche Tiere, wir spielen mit ihnen, und sie tun keinem etwas. Herr André sah das auch gleich und machte sich nichts aus ihnen, aber all die anderen, die bis zum Waldrand kommen, erschrecken und haben Angst, von den Hunden zerrissen zu werden. So einer meint vielleicht: Ah, nun habe ich es endlich geschafft! Dann sieht er die Hunde und sieht uns und sieht, daß wir uns nicht über ihn wundern und so weiterleben, als ob er nicht da stände. Und weil er müde ist von dem anstrengenden Weg durch die Wälder und weil es ihn blendet oder auch nur, weil er sich alles anders gedacht hat, wird er verlegen und wendet sich ab. Ja, manche lächeln verlegen, als ob sie sich entschuldigen müssen. Das ist das Letzte, dann ist es um sie geschehen. Die Hunde stürzen dann zu ihm hin. Er kann nur noch gerade in den Wald zurückspringen, und was da aus ihm wird, weiß niemand. Die Hunde laufen noch eine Zeitlang am Waldrand hin und her und passen auf, ob er es noch einmal riskiert, doch das ist nie vorgekommen. Dann kommen die Hunde zurück, wir spielen wieder mit ihnen, und alles ist wie immer. Ja, so ist es. Es werden hier komische Geschichten von uns erzählt. Sicher werden Sie auch schon davon gehört haben. Das ist alles Unsinn, den sich jemand ausgedacht hat, der nie dagewesen ist. Und die Leute plappern es dann nach. Einer hat einmal den Mädchen bei uns im Salon erzählt, wir da drüben jagten die Fremdlinge in die Wälder und jagten sie so lange, bis sie hinfielen, und dann zerfleischten wir sie. Wie kann man sich nur etwas so Unanständiges ausdenken! Der, der es erzählte, war nicht einmal betrunken; er war einer von denen, die sich nicht betrinken. Ein Studierter mit einer Hornbrille. Man sah sofort, daß er sich nicht einmal bis zur Brücke gewagt hatte, er tat sich nur wichtig. Wir sagen nichts dazu, wir hören uns den

Unsinn an und tun, als ob wir das alles glauben; das ist das einfachste, mehr wollen die Kunden nicht. Lassen Sie sich nur keine Geschichten über uns erzählen! Die sind von Leuten erfunden, die sich langweilen und nicht genug zu tun haben. Aber vor der da nebenan muß man sich in acht nehmen, das ist wahr. Ich weiß es nicht genau, aber es kann sein, daß sie früher eine von den Wächterinnen gewesen ist und daß man sie hierher geschickt hat, weil sie für drüben zu alt wurde. Das kann vor meiner Zeit gewesen sein, darum erkenne ich sie nicht, aber die Art, wie sie dasteht und lauert, kann sie unmöglich von hier haben. Seien Sie vorsichtig.

Auch meine Herrin nämlich hatte damals manchmal nachts so wie die da nebenan am Bett gestanden und Herrn André betrachtet. Er wußte nichts davon, er schlief und hatte keine Angst. Tagsüber hätte sie auch nie gewagt, ihn so zu betrachten. Er hätte sie ausgelacht; er hätte gefragt: Na, was ist nun schon wieder, meine Gnädigste? So nannte er sie, wenn er sie ärgern wollte. Darauf ließ sie es nicht ankommen, sie richtete sich lieber ganz nach ihm. Wir alle richteten uns nach ihm, weil sie es tat, und waren fröhlich. Auch die Hunde richteten sich nach ihm; sie richteten sich mehr nach ihm als nach meiner Herrin. Sie lagen morgens im Gras vor der Veranda und warteten, daß Herr André aufstand und zu ihnen herauskam. Wir konnten sie rufen, soviel wir wollten, sie rührten sich nicht, sie behielten die Veranda im Auge. Wenn dann Herr André herauskam, redete er mit ihnen und kraulte sie hinter den Ohren. Dann waren sie froh und sprangen zu uns, und auch wir waren froh. Meine Herrin sah das alles. Sie stand in der Tür und tat so, als sei es ihr recht, obwohl doch alles anders war als sonst.

Aber ich hatte einen leichten Schlaf. Ich schlief gleich nebenan bei meiner Herrin. Türen gab es bei uns nicht. Darüber wunderte sich Herr André zu Anfang, doch er gewöhnte sich daran. Wir hatten nur Vorhänge zwischen den Zimmern, und auch nur zur Zierde und nicht wegen der Kälte. Herr André sagte: ›Wie haltet ihr das nur aus. Jeder kann hereinkommen, wie es ihm paßt, und man ist nie allein.‹ Aber er gewöhnte sich daran. Er lachte, wenn eine von uns hereinkam, während er sich gerade rasierte oder sich anzog. Er sagte: ›Na, schau es dir ruhig an, davon wird man nicht blind.‹ Er lachte, und wir lachten auch. Er lachte uns aus, damit brachte er uns zum Lachen. Meine Herrin ließ es geschehen. Er blieb so, wie er war, und sie fügte sich. Gleich zu Anfang wollte sie, daß er sich so anzog, wie man bei uns gekleidet ist. Wir haben dünne, feine Stoffe, wie es sie hier nicht gibt. Und Herr André hatte ja nichts zum Wechseln; er hatte nur das Zeug, das er trug, als er zu uns kam. Doch Herr André lachte meine Herrin aus. Er sagte: ›Was soll die alberne Maskerade!‹ Da mußte sie für ihn Sachen kommen lassen, wie er sie gewohnt war, es blieb ihr nichts anderes übrig. Auf die Weise war Herr André immer wie einer, der nur für kurze Zeit zu Gast ist und nach dem man sich richtet, damit er sich wohlfühlt und nicht morgen schon wieder weggeht. Nur nachts, wenn er im Bett meiner Herrin schlief, war es wieder wie immer, nichts Fremdes und so still. Ich war noch viel zu jung. Ich dachte, da schlafen Herr André und meine Herrin nebenan. So will sie es, und er will es auch so, und so muß es sein. Ich war sogar glücklich darüber. Ich war noch ziemlich dumm. Ich hatte nie etwas anderes gesehen.

Meine Herrin war nämlich gar nicht so fröhlich, wie sie tat und wie alle meinten. Ob die andern es merkten, weiß ich nicht; ich sprach auch nicht mit ihnen darüber, tagsüber vergaß ich es. Ich merkte es nur nachts. Ich schlief ja nebenan und hatte einen sehr leichten Schlaf. Ich war zur Bedienung meiner Herrin da. Ich machte ihr Bett und machte ihr Zimmer und sorgte für ihre Kleider und war dabei, wenn sie badete, und hielt ihre Kämme sauber und alles. Wenn sie sich nachts regte, hörte ich es nebenan und wachte davon auf. Vielleicht wollte sie etwas von mir, denn dafür war ich da. Oft blieb ich liegen, und wenn dann nichts weiter war, schlief ich wieder ein. Manchmal stand ich auch auf und ging bis zum Durchgang zu ihrem Raum, um nachzusehen, ob sie etwas brauchte. Meine Herrin hörte es, auch sie hatte einen leichten Schlaf. Bei uns haben alle einen ganz leichten Schlaf; man braucht nicht so fest zu schlafen wie hier, man ist nicht so erschöpft. Manchmal wollte sie auch etwas. Nichts Besonderes, sondern nur, was man in der Nacht so braucht. Ein Glas Wasser. Oder es war ihr zu warm, und ich sollte Durchzug machen. Dann dankte sie mir und schickte mich wieder ins Bett. Es war eine leichte Beschäftigung. Ich war stolz darauf, es war eine Ehre, daß ich dazu ausgewählt war.

Das war auch nicht anders, als Herr André bei uns war und im Bett meiner Herrin schlief. Ich sorgte für ihn mit, es machte mir keine Mühe. Ich tat es sehr gern. Natürlich hörte ich die beiden nebenan sprechen. Besonders Herrn André hörte ich. Er kümmerte sich nicht um die Nacht; ihm war es einerlei, ob es dunkel und still war. Er lachte laut, wenn es ihm in den Sinn kam. Das war neu bei uns. Nicht nur ich hörte es nebenan, man hörte es auch draußen. Die andern Mädchen fragten mich morgens: Warum hat er gelacht? Und ich sagte: Warum soll er nicht lachen? Sicher hörten es auch die Hunde und freuten sich. Und die Bäume hörten es, und im

Wald hörte man es. Und vielleicht hörte man es bis zum Fluß hier, und die Leute auf den Schiffen hörten es. Es beunruhigte niemand. Nur wenn meine Herrin lachte, wurde man etwas unruhig. Auch das war neu, daß sie lachte. Sie lachte wohl Herrn André zu Gefallen und damit er nicht allein lachte. Aber nur ganz kurz und leise. Man spürte es noch nachher auf der Haut. Sicher spitzten die Hunde draußen die Ohren. Tagsüber dachte man nicht mehr daran.

Aber meine Herrin stand nachts zuweilen auf, das merkte ich. Ich merkte, wie sie nachdachte, davon wachte ich auf. Ich meinte, daß sie mich brauchte, doch sie brauchte mich nicht. Das war anders als früher; sonst war sie nie aufgestanden, erst seitdem Herr André bei uns war. Gerade wenn er viel gelacht hatte und man war froh darüber, stand sie auf. Ich stand natürlich auf, um nachzusehen, das war meine Pflicht. Meine Herrin wußte auch, daß ich aufgestanden war und ihr von nebenan zusah. Man konnte ihr nichts verheimlichen, sie hörte alles. Aber sie winkte mir nicht ab, sie tat so, als ob sie mich nicht gehört hätte. Es schien ihr gleichgültig zu sein, daß ich dastand und ihr zusah. Das war mir ganz unheimlich. Ich wagte nicht, den Mund aufzutun. Vielleicht ist Herrn André etwas passiert, dachte ich jedesmal, doch es war ihm nichts passiert, er lag da und schlief. Meine Herrin aber stand am Bett und blickte auf ihn hinab. Mir kehrte sie den Rücken zu, ihr Gesicht konnte ich nicht sehen. Es war alles in Ordnung, ich hätte mich wieder hinlegen können. Doch daß meine Herrin dastand und auf Herrn André hinabblickte und daß sie von mir keine Notiz nahm, war nicht gut. Ich kann Ihnen das schwer erklären, aber ich hatte das Gefühl, daß es nicht gut war. Ich hatte Angst um Herrn André, das war es. Wenn Herr André wach war, vergaß ich es sofort wieder. Ich sprach auch mit niemand darüber, man hätte es doch nicht verstanden. Wie sollte ich wissen, warum meine Herrin dastand und was sie dachte, wenn sie auf Herrn André hinabblickte? Ich war viel zu jung. Aber die Angst um Herrn André blieb. Wäre ich älter gewesen, hätte ich es ihm verraten. Ich hätte zu ihm gesagt: ›Seien Sie lieber vorsichtig, Herr André. Sie beobachtet Sie nachts. Schlafen Sie lieber nicht.‹ Doch er hätte mich wohl ausgelacht. Er hätte gesagt: Mach Dir keine Sorge, Kind. Ich war wirklich noch ein Kind. Manchmal konnte ich es nicht aushalten, wenn meine Herrin zu lange dastand. Ich machte dann ein kleines Geräusch mit dem Fuß. Wenn sie sich dann nach mir umsah, fragte ich schnell, ob sie ein Bad haben wollte. Vielleicht war sie ja nur aufgestanden, weil es ihr zu warm war. Manchmal nickte sie auch mit dem Kopf, dann ließ ich das Bad einlaufen und legte die

Badetücher zurecht und half ihr und trocknete sie ab und alles. Ich war froh, daß ich sie von Herrn André fortgebracht hatte. Wir sprachen dann nicht zusammen, wir wollten Herrn André nicht wecken. Doch sie lauschte die ganze Zeit, und auch ich lauschte, und sie wußte es. Sie wollte nicht wieder überrascht werden, das war es, aber das weiß ich erst heute. Sie wollte genau wissen, was er dachte und was er vorhatte. Wenn sie das wußte, war es ihr recht, dann konnte sie sich danach richten. Darum ließ sie ihn nicht aus den Augen und beobachtete jede kleine Bewegung. Selbst wenn er schlief und sich nicht bewegte, ließ sie ihn nicht aus den Augen. Sie wollte wissen, was er im Schlaf dachte, darum stand sie am Bett. Sie wollte eben nicht noch einmal überrascht werden. Heute kann ich das verstehen, aber damals hatte ich nur diese Angst um Herrn André.

Und dabei gefiel es mir sehr, wie er so dalag und schlief. Ob wir dastanden und wachten, war ihm ganz gleich; er schlief, so als ob wir gar nicht dawären. Was er dachte, während er schlief, wußte ich nicht; es war auch nicht meine Sache. Ich glaubte, meine Herrin wüßte es. Sie war so viel klüger, wir hatten Vertrauen zu ihr. Doch auch sie wußte es nicht, deswegen stand sie nachts da und beobachtete ihn. Ich merkte nur, daß ihr etwas unangenehm war, und deshalb hatte ich Angst um Herrn André. Er aber lag da, als ginge ihn das nichts an. Meistens hatte er die Decke beiseite geworfen, weil es ihm zu warm war. Er lag da mit angezogenen Knien, die Hände lagen locker auf dem Bettuch und schliefen auch, als ob er sie vergessen hätte. Er selber hatte keine Angst. Doch natürlich konnte er jeden Augenblick aufwachen und fragen: ›Na, ihr beiden? Ihr wollt euch wohl erkälten?‹ Darauf mußte man gefaßt sein. Manchmal, wenn meine Herrin lange genug dagestanden hatte, winkte sie mir doch mit der Hand, daß ich mich wieder hinlegen sollte. Ich hob dann nur noch die Decke auf, die Herr André aus dem Bett geworfen hatte, und reichte sie ihr. Sie deckte ihn dann zu und legte sich zu ihm, und seine Hände griffen nach ihr, ohne daß er aufwachte. Auch ich legte mich in mein Bett und dachte: Nun ist alles in Ordnung.

Das erste Mal hatte er uns nämlich wirklich überrascht, auch meine Herrin. Wir fühlten uns sogar etwas schuldig, weil wir nicht genug aufgepaßt hatten; denn das durfte ja nicht vorkommen. Doch sie machte uns keinen Vorwurf, sie tat, als sei sie nicht überrascht. Sogar die Hunde waren überrascht und sahen sich beschämt nach meiner Herrin um. Wir verließen uns doch alle auf sie, darum sollten wir nicht merken, daß sie überrascht war. Nur ich merkte es, und sie wußte, daß ich es gemerkt hatte.

Darum hat sie mich dann auch fortgeschickt und hierherbringen lassen. Es durfte nicht sein, daß jemand wußte, wie überrascht sie war. Man konnte mich dort wohl nicht mehr brauchen. Man hat mir den Grund nicht gesagt. Ich war viel zu traurig, um zu fragen. Was habe ich denn falsch gemacht, dachte ich. Doch man sagte es mir nicht. Es hing mit Herrn André zusammen, das weiß ich jetzt, und darum erkannte ich ihn auch sofort, als sein Freund mich da in die Kneipe schickte.

Er stand nämlich eines Morgens bei dem Gebüsch am Waldrand. Niemand hatte ihn kommen hören, das war schon seltsam genug. Denn bei uns wird doch scharf aufgepaßt, damit wir nicht überrascht werden. Dafür sind die Wächterinnen da und dann die Hunde. Aber nicht einmal die Hunde hatten etwas gemerkt. Niemand konnte sagen, ob Herr André schon länger dort gestanden und uns zugeschaut hatte, ohne daß wir es wußten. Und das darf nicht sein. Wenn man weiß, daß jemand zuschaut, schadet es nichts, und man richtet sich danach. Aber daß jemand zuschaut und man weiß nichts davon, das darf auf keinen Fall sein. Es war eine große Beleidigung für meine Herrin. Ich glaube nicht, daß sie Herrn André gefragt hat, wie lange er schon dagestanden und alles gesehen hatte. Dazu war sie zu stolz. Aber es war ihr unangenehm, auch wenn sie so tat, als mache es ihr nichts aus. Sie vergaß es nicht, und dadurch wurde alles anders.

Es war noch ziemlich früh morgens. Der Tau lag noch im Gras; es war angenehm kühl für die Füße. Einige schwammen noch im Teich und spielten da Ball und plätscherten herum. Es war wie jeden Morgen. Die Wächterinnen standen auf ihrem Posten. Meine Herrin hatte schon gebadet. Ich hockte vor ihr im Gras und hatte ihren Fuß auf meinem Schoß. Ich trocknete ihren Fuß zwischen den Zehen ab. Es geriet manchmal Sand zwischen die Zehen, das durfte nicht sein. Ich hatte ein ganz weiches Tuch dafür, meine Herrin war sehr empfindlich. Und was für hübsche Füße sie hatte, ich war ganz verliebt in sie. Nicht wie unsere Füße hier, die werden alle häßlich von den Schuhen, die wir tragen müssen. Ja, und da spannte sich plötzlich ihre große Zehe, daran merkte ich es. Erst meinte ich, ich hätte ihr weh getan, und wollte mich entschuldigen. Doch als ich aufblickte, sah ich, daß meine Herrin zum Waldrand hinschaute. Da sah ich Herrn André da stehen. Die große Zehe meiner Herrin behielt ich vor Erstaunen in der Hand und trocknete sie nicht weiter ab. Alle blickten wir zu Herrn André hin, auch die, die noch im Wasser waren. Und natürlich die Wächterinnen und die Hunde auch. Die im Wasser spielten nicht weiter, sie behielten den Ball vor Erstaunen in der

Hand. So überrascht waren wir alle. Wir waren alle so überrascht, daß wir nur abwarten konnten, deshalb regte sich keine von uns. Aber Herr André stand einfach da und sah uns an. Das heißt, er sah zu meiner Herrin hin, das ist klar. Auch sie wartete ab, das merkte ich an ihrer großen Zehe, die so gespannt war.

Wenn andere Männer bis zu uns an den Waldrand kamen, wurden sie verlegen, das habe ich Ihnen schon erzählt. Das war alles. Sie wurden verlegen, weil sie meine Herrin sahen. Dann war es um sie geschehen, sie liefen vor lauter Verlegenheit weg. Es ist nicht unsere Schuld. Sie hätten nicht verlegen zu sein brauchen. Herr André wurde ja nicht verlegen. Aber so war es jedesmal, die Wächterinnen und die Hunde brauchten nichts zu tun. Das alles sind dumme Lügen. Ich wollte doch selbst Wächterin werden, meine Herrin hatte es mir versprochen. Ich war nur noch zu jung, ich war auch noch etwas dicklich damals. Meine Herrin gab mir manchmal einen Klaps auf das Fett und sagte: das da muß noch weg. Inzwischen ist das alles weg, aber Wächterin bin ich doch nicht geworden.

Herr André wurde nicht verlegen. Er betrachtete uns in aller Ruhe, er hatte keine Eile. Er betrachtete meine Herrin. Er kam sogar ein paar Schritte näher, um sie genauer zu betrachten. Ich konnte meinen

Blick nicht von ihm wenden, so erstaunt war ich. Die Hunde lagen im Gras und sahen Herrn André entgegen. Die Zunge hing ihnen heraus, doch sie rührten sich nicht. Nur der Lieblingshund meiner Herrin blickte sich nach ihr um, ob sie ihm ein Zeichen gab, aber sie gab ihm kein Zeichen, sie rührte sich nicht. Es war ein großer Hund, eine Dogge. Er hieß Phylax. Wenn ich ihn rief und er sprang mich an, warf er mich um und wir kugelten ins Gras. Er lief frei bei uns herum. Die meisten andern Hunde waren bei den Wächterinnen, aber Phylax war immer um meine Herrin und begleitete sie überallhin.

Herr André aber schlug sich mit der Hand auf den Schenkel und lockte Phylax. Ja, und der stand auf und ging ihm langsam entgegen, so wie Doggen gehen. Und nachdem er Herrn Andrés Hand gerochen hatte, wedelte er mit dem Schwanz und ging dann neben Herrn André, als ob er sein Hund wäre. Und die andern Hunde bei den Wächterinnen sahen es und klopften mit ihren Schwänzen aufs Gras. Sie trommelten ringsum. Da sagte meine Herrin, ohne sich zu mir hinzuwenden, denn sie wollte ihn bis zum letzten Augenblick nicht aus den Augen lassen: ›Gib mir meinen Bademantel.‹ Der Bademantel lag im Gras. Ich nahm ihn schnell und stand auf und legte ihn ihr um die Schultern. Dann stand auch sie auf.

Da lachte Herr André. Es war das erste Mal, daß wir ihn lachen hörten. Kein Mann hatte bisher bei uns gelacht. Herr André ging lachend auf meine Herrin zu. Phylax ging mit ihm und rieb sich an seinem Bein. Meine Herrin stand aufgerichtet und wartete. Und Herr André sagte zu ihr und zu uns allen: ›Na, ihr Mädchen, habt ihr nichts zu essen für einen Besucher? Ich bin die ganze Nacht auf den Beinen zu euch, und ihr laßt mich verhungern? Was sind denn das für Sitten!‹ Da mußten wir lachen. Und zu meiner Herrin sagte er und machte dabei eine witzige Verbeugung: ›Gnädigste entschuldigen wohl, daß ich mich selbst einlade.‹ Da gab sie uns ein Zeichen, daß wir uns um das Essen kümmern sollten. Ich rannte mit dem Badezeug voran ins Haus, und meine Herrin folgte mit Herrn André nach. Er sagte: ›Schön habt ihr es hier. Das läßt sich aushalten.‹

Es war wirklich schön bei uns, das ist wahr. Es war immer schön bei uns gewesen, nur daß wir es nicht wußten; wir hielten es für selbstverständlich. Erst seit Herr André bei uns war, wußten wir es. Ach, es gibt keine Bilder davon. Niemand hat es fotografiert. In der Hauptstraße ist ein großer Kunstladen, Sie kennen ihn wohl. Da verkaufen sie Bilder und Figuren von nackten Frauen. Wenn ich vorbeigehe, sehe ich es mir immer an. Einmal sah ich da ein Bild, das war beinahe wie bei uns. Die Leute auf dem Bild hatten nichts an. Die Frisuren der Frauen waren anders, aber sonst war es beinahe wie bei uns. Auch die Gegend und die Bäume. Ich glaube, es war sogar ein gelber Hund da wie Phylax, und die Zunge hing ihm heraus. Meine Herrin war natürlich nicht auf dem Bild, meine Herrin war schöner als die Frauen, die auf dem Bild waren. Aber es war alles so ähnlich. Ich habe es mir lange angesehen, es war wohl mein freier Tag und ich hatte Zeit. Ich suchte, ob ich nicht auf dem Bild war; es hätte ja sein können, irgendwo am Rand. Da sagte jemand hinter mir: ›Was für ein Kitsch!‹ Ich war ganz erstaunt, weil ich in das Bild vertieft war. Es waren zwei junge Leute; der eine hatte einen Bart. Sie unterhielten sich über das Bild. Es war ein berühmtes Bild, sie verstanden etwas davon. Der mit dem Bart sagte: ›Daß die Leute damals so etwas glaubten! Wie verlogen! Sie lebten doch damals nicht so.‹ Und der andere sagte: ›Aber malen konnten sie.‹ Ich ging weiter; ich wollte nicht, daß sie mich anredeten, es war mein freier Tag. Aber das Bild war trotzdem so ähnlich wie bei uns. Nur daß alles noch schöner war.

Ich dachte auch, es würde nun immer so bleiben. Wir alle dachten, daß Herr André immer bei uns bleiben würde, anders konnten wir es uns nicht vorstellen. Auch meine Herrin dachte es. Sie wollte es so, und darum stand sie nachts am Bett und paßte auf Herrn André auf. Ich hatte große Angst um Herrn André. Ich hatte Angst, daß meine Herrin ihm etwas antun wollte, um ihn dazubehalten. Und er blieb ja auch nicht bei uns.

Ich war nicht dabei, als er ihr sagte, daß er zu den Seinigen zurückgehen wollte; ich weiß deshalb nicht, wie er es ihr sagte und was für ein Gesicht sie machte. Ich war nämlich gerade in der Küche. Es war nach dem Frühstück. Ich hatte das Frühstücksgeschirr abgeräumt. Herr André und meine Herrin saßen ganz zufrieden auf der Veranda; sie redeten nicht miteinander, aber sie redeten auch sonst nicht viel. Es war wie immer. Ein schöner Morgen. Vor der Veranda lag Phylax im Gras und wartete und freute sich auf den Tag. Ich sprach mit dem Mädchen, das für die Küche da war. Sie fragte, ob Herr André gut geschlafen hätte. Sie nahm mir das Frühstücksgeschirr ab. Wir waren beide vergnügt und freuten uns auf den Tag. Da muß Herr André es meiner Herrin gesagt haben. Sie können aber nicht viel gesprochen haben, sonst hätte ich es gehört. Ich war auch nicht lange in der Küche. Ich ging gleich wieder zurück, da sie doch sicher baden wollten und mich brauchten. Doch sie brauchten mich nicht. Sie waren beide aufgestanden. Herr André hatte schon den einen Fuß auf der Stufe, die von der Veranda nach draußen führte. Er hatte sich wohl schon von meiner Herrin verabschiedet, ich weiß nicht wie. Als ich von der Küche auf die Veranda kam, hörte er es. Er sah sich nach mir um und sagte: ›Na ja, und auch dir vielen Dank für alles Gute. Sag es auch den andern Mädchen. Vielleicht sehen wir uns ja eines Tages wieder.‹ Ich begriff es sofort. Ich war wie erstarrt, beinahe wäre ich vor Schreck gestorben. Auch meine Herrin rührte sich nicht. Herr André ging die Stufen hinab und dann über das Gras zum Waldrand. Aber Phylax hatte es noch nicht begriffen. Er dachte, es wäre alles wie sonst, und lief hinter Herrn André her. Jetzt wird meine Herrin Phylax rufen, dachte ich, und dann wird alles wieder gut sein. Aber sie rief nicht, sie stand da und rührte sich nicht. Herr André ging weiter und wurde immer kleiner. Endlich merkte er es, daß Phylax ihm folgte. Er wandte sich nach ihm um und zeigte mit dem Finger zurück und befahl ihm zu bleiben. Da blieb Phylax stehen und sah Herrn André nach, ohne mit dem Schwanz zu wedeln. Erst als Herr André im Wald verschwunden war, kam er langsam zurück; er sah sich noch ein paar Mal nach dem Wald um. Er hatte sich so an Herrn André gewöhnt, deshalb. Er wartete, daß meine Herrin ihm alles erklärte. Er stand unten an der Veranda und wartete auf einen

Befehl. Aber meine Herrin erklärte es ihm nicht. Sie beachtete Phylax gar nicht. Sie sagte zu mir: ›Nun ist es auch für dich soweit. Du gehörst hier nicht mehr her.‹ Sie sagte es ganz freundlich, Sie müssen nicht denken, daß sie es unfreundlich sagte. Fast so, als ob es ihr leid täte. Aber einen Widerspruch gab es nicht. Auch fragen durfte man nicht. Das hätte niemand von uns gewagt.

Ja, so wurde ich weggeschickt. Man brachte mich bis zur Brücke. Es wurde alles für mich erledigt; ich verstand ja nichts davon. Am Zoll besahen sie sich meinen Ausweis und sagten: ›In Ordnung!‹ Und als ich noch zögerte, sagten sie: ›Gehen Sie doch hinüber, Fräulein. Hier können Sie nicht herumstehen.‹ Da ging ich hinüber. Und hier telefonierten sie gleich mit jemand und sagten: ›Man hat uns da eine geschickt, ihr Ausweis ist in Ordnung.‹ Und als sie den Hörer auflegten, sagte man zu mir: ›Es ist gut.‹ Das alles ist nicht wichtig. Für Sie ist es überhaupt nicht wichtig. Ich habe es nur erzählt, damit sie wissen, woher ich Herrn André kannte. Sie denken sonst womöglich, ich bilde mir das alles nur ein. Ich selber dachte auch nur daran, weil es mich wach hielt; ich wollte nicht einschlafen, während Herr André da im Bett lag und wir auf seinen Freund warteten. Ich hatte sogar etwas Angst, daß Max diesen Freund nicht finden würde. Vielleicht war es eine alte Adresse. Oder der Mann hatte keine Lust, nachts zu kommen. Vielleicht war alles nur Einbildung, darum mußte ich wach bleiben.

Aber zum Glück kam er. Ich hörte, wie sie die Treppe heraufkamen und wie dann jemand mit dem Schlüssel an der Wohnungstür hantierte. Das konnte nur Max sein, denn natürlich hatte er einen Hausschlüssel und brauchte nicht erst zu klingeln. Herr André schlief, er hatte nichts gehört. Ich machte die Tür auf, aber nur einen kleinen Ritz, und sah nach. Und so war es auch: es war der Max und mit ihm kam der Mann, der mich in die Kneipe geschickt hatte, der, von dem sie bei uns meinen, daß er vom Zirkus ist. Es hätte ja auch jemand anderes sein können, doch ich wunderte mich nicht, daß er es war, ich hatte es so erwartet, und es war mir auch lieber, als wenn es ein Fremder gewesen wäre. Und selbstverständlich war auch schon die Martha aus der Küche herbeigeschlurft und machte wie immer ein beleidigtes Gesicht. Zu mir sah sie überhaupt nicht hin, das tat sie absichtlich nicht, um mich zu ärgern, obwohl sie doch genau wußte, daß ich auf den Mann wartete und hinter der Zimmertür stand. Ich war an allem schuld, das sollte ich merken. Doch der Freund von Herrn André ließ sie nicht zu Worte kommen. Er ging gleich auf sie zu und sagte: ›Ich bin Ihnen sehr dankbar, daß Sie Ihren Jungen geschickt haben. Und für all die Umstände.‹ Er gab ihr auch etwas. Wieviel, konnte ich nicht sehen, dazu war es zu dunkel auf dem Korridor. Die Martha steckte es auch sofort in die Tasche ihres Morgenrocks, und der Mann ließ sie stehen und kam einfach zu mir. Ich hatte die Tür weiter aufgemacht und legte den Finger an den Mund, damit er nicht zu laut redete. Doch er war auch so nicht laut, er kam ins Zimmer, und ich machte die Tür schnell wieder zu. Ich sagte leise zu ihm: ›Sie hätten der Martha nichts geben sollen. Sie hat schon viel zuviel von Herrn Andrés Geld bekommen. Wirklich, es ist eine Schande. Sie kann den Hals nicht vollkriegen. Und der Bengel hat auch genug von mir bekommen, für das Taxi und alles.‹ Der Mann sollte gleich wissen, wie ich darüber dachte und daß ich verärgert war. Er sagte: ›Ich weiß, ich weiß, seien Sie nicht böse. Aber so horchen die beiden da draußen nicht an der Tür, sie zählen ihr Geld in der Küche.‹ Damit hatte er recht, es war lächerlich, daß ich mich über fremdes Geld aufregte. Ich sagte zu ihm: ›Ich bin nicht böse, ich bin nur erledigt von all der Aufregung. Jetzt schläft er wenigstens.‹ Und er fragte: ›Schon länger?‹ Und ich sagte: ›Erst wollte er nicht, aber als er mich endlich überredet hatte und ich den Max mit dem Zettel zu Ihnen schickte, ist er gleich eingeschlafen. Warum haben Sie kein Telefon? Dann wäre alles billiger gewesen.‹ Und er sagte: ›So etwas läßt sich doch nicht telefonieren.‹

Er trat leise ans Bett und sah sich Herrn André an. Herr André hatte nichts gemerkt, er schlief ganz ruhig; er merkte es auch jetzt nicht, daß wir am Bett standen und ihn ansahen. Sein Freund stand lange da; er überlegte wohl, was er mit ihm machen sollte. Schließlich hielt ich es nicht mehr aus und sagte: ›Er ist sehr krank.‹ Und er sagte: ›Ja, ich weiß.‹ Und ich sagte: ›Vielleicht geht es ihm jetzt besser. Er hat solche braunen Flecke. Ich dachte, es wäre etwas Schlimmes. Ob wir nicht lieber einen Arzt kommen lassen?‹ Und er fragte: ›Wollte er denn einen Arzt?‹ Und ich sagte: ›Nein, er wollte keinen, er wollte, daß Sie kommen. Aber wenn es ihm so schlechtgeht, müssen wir es entscheiden. Ich weiß einen Arzt hier ganz in der Nähe.‹ Aber er schüttelte den Kopf, er sagte: ›Wenn er wollte, daß ich komme, müssen wir ihn noch etwas schlafen lassen, das ist besser. Ja, es hilft nichts, wir müssen noch eine Weile warten. Setzen Sie sich doch wieder. Sie müssen sehr müde sein.‹ Wir flüsterten nur. Er zeigte auf den Sessel. Ich wollte ihm den Sessel überlassen und mich auf meinen Stuhl setzen, doch er erlaubte es nicht, er war sehr höflich. Ich sagte: ›Ich habe mich nicht in den Sessel gesetzt, weil ich nicht einschlafen wollte.‹ Und er sagte: ›Jetzt bin ich ja da.‹ So setzte ich mich in den Sessel und er setzte sich auf den Stuhl. Das Kissen nahm ich vom Boden auf. ›Die Schuhe habe ich nur ausgezogen, um ihn nicht zu stören‹, sagte ich, und er sagte: ›Ja, ich habe es gesehen. Sicher drücken sie auch.‹ Das gab ich zu, ich sagte: ›Ja, sie drücken. Sein Anzug hängt am Fenster hinter der Gardine, wenn Sie ihn sehen wollen. Der Anzug ist ganz ruiniert.‹ Er wollte ihn nicht sehen, er sagte nur: Ich weiß. ›Den Regenmantel mit dem Geld habe ich da hinter dem Schrank versteckt. Ich habe alles von seinem Geld bezahlt. Das Zimmer ist bis morgen früh bezahlt. Lassen Sie sich nichts von der Martha erzählen. Sie hat viel zuviel gekriegt. Und der Bengel auch.‹ Und er sagte: ›Regen Sie sich deswegen nicht auf.‹ Und ich sagte: ›Wollen wir nicht abrechnen?‹ Und er sagte: ›Ach, das haben wir beide doch nicht nötig.‹ Wir saßen ganz nahe beieinander, damit wir flüstern konnten. Ich kannte ihn ja gar nicht, aber seit er da war, war ich nicht mehr verärgert.

›Wir können solange über Sie nachdenken‹, sagte er. ›Über mich?‹ fragte ich, und er sagte: ›Ja, Sie haben sich um alles gekümmert und Ihre Zeit dafür hergegeben.‹ Und ich sagte: ›Das lassen Sie nur meine Sorge sein. Ich komme schon allein zurecht.‹ Und er sagte: ›Ich meine es nicht wegen des Geldes. Das wäre eine Beleidigung. Aber trotzdem. Man muß auch an hinterher denken.‹ Doch ich sagte: ›Kümmern Sie sich lieber um Herrn André.‹ Wir blickten beide zum Bett hin, doch Herr André schlief ganz ruhig. Sein Freund sagte: ›Es ist leichter für ihn, wenn wir ihn noch schlafen lassen. Er wird rechtzeitig von selber aufwachen. Wir müssen leider noch ein wenig warten.‹ Ich fragte: ›Was hat er bloß mit sich gemacht?‹, und er sagte: ›Er hat sich nicht wieder zurechtgefunden, das ist meistens so.‹ Da sagte ich: ›Aber zu lange dürfen wir nicht warten. Glauben Sie mir nur, er ist sehr krank. Ich übertreibe nicht. Ich kenne mich in solchen Sachen aus. Wir müssen etwas unternehmen. Ich habe nur auf Sie gewartet, weil er es so wollte. Jetzt müssen Sie etwas unternehmen.‹ Da seufzte er und sagte: ›Ich habe ihr doch schon Nachricht zukommen lassen.‹ ›Ihr?‹ sagte ich. Fast hätte ich aufgeschrien. ›Ja, wem denn sonst?‹ sagte er. Vor Schreck hielt ich mir die Hand vor den Mund. Ich sah zu Herrn André hinüber, ob er es gemerkt hatte. Und wenn Sie mich jetzt fragen, glaube ich, daß ich es die ganze Zeit gewußt hatte, daß es so kommen würde. Es war das, was ich gerade vermeiden wollte. ›Wird sie denn kommen?‹ fragte ich, und er sagte: ›Sie muß doch kommen, was bleibt ihr denn andres übrig. Sie behauptet, es läge dichter Nebel über dem Fluß und bei der Brükke, deshalb könne sie nicht gleich kommen. Das mag auch wahr sein, daran ist leider nichts zu ändern. Sie will warten, bis ein Wind aufkommt. Sie wird wohl kurz vor Tagesanbruch hier sein.‹ Da stand ich auf. Ich suchte nach meiner Handtasche und bückte mich nach meinen Schuhen, die neben Herrn Andrés Schuhen unter dem Tisch standen. Doch sein Freund hielt mich fest und sagte: ›Wo wollen Sie denn hin?‹ Und ich sagte: ›Lassen Sie mich bitte los. Was fällt Ihnen ein. Ich habe genug Zeit verloren. Ich muß mein Geld schwer genug verdienen. Ich kann es mir nicht leisten, hier eine ganze Nacht herumzuhocken und mir faule Redensarten anzuhören. Und noch dazu, wo mich hier keiner mehr braucht. Sie haben sich ja bessere Hilfe für Herrn André kommen lassen. Das kann ich auch verstehen, doch, doch, ich nehme es Ihnen nicht übel. Aber ich will nichts damit zu tun haben.‹ Aber er hielt mich beim Handgelenk fest und sagte: ›Das ist doch Unsinn. Sie wissen selbst, daß es Unsinn ist und daß es ohne Sie nicht geht. Er ist doch auf Sie angewiesen, und ich auch. Wir alle.‹ Er drückte mich wieder in den Sessel; ich hatte nicht die Kraft, mich zu wehren. Ich war so durcheinander, daß ich es geschehen ließ. Ich sagte: ›Das sagen Sie nur, um mich zu überreden. Und weil Sie hier nicht allein bleiben wollen. Sie haben nur Angst vor ihr.‹ Das gab er auch zu, er sagte: ›Ja, das stimmt, ohne Sie kann ich nichts ausrichten.‹ Und ich sagte: ›Was soll ich denn ausrichten? Und warum hat Herr André mir das nicht gesagt, wenn er sie durchaus wiedersehen will. Ich habe sogar selber daran gedacht, aber da er nichts sagte, dachte ich, er wollte es nicht. Das ist doch sehr unrecht von ihm, mich so an der Nase herumzuführen. Und Sie auch.‹ Und er sagte: ›Sie wissen doch, wie es ist. Man sagt nicht immer alles gleich. Man will dem andern nicht weh tun.‹ Und ich sagte: ›Es hätte mir gar nicht weh getan. Es ist nicht meine Sache. Und wenn er lieber mit ihr zusammen sein will, von mir aus. Und überhaupt, woher wissen Sie denn, daß er es so will?‹ Und er sagte: ›Man weiß es eben. Ich habe es vorhin gesehen, als ich am Bett stand. Er wartet schon auf sie. Das wissen Sie doch auch selber.‹ Ich sagte: ›Nein, nein, hören Sie zu. Sie wird ihm etwas antun, das weiß ich besser als Sie. Doch! Doch! Ich kenne sie. Sie wollte ihm schon damals etwas antun, sie wußte nur noch nicht was. Ich habe sie nachts beobachtet, wie sie an seinem Bett stand und überlegte. Es ist ihr nur nicht gelungen. Sie hat es nicht gewagt, weil ich sie beobachtete. Aber diesmal wird sie ihm bestimmt etwas antun. Er ist ja ganz krank und wehrlos. Er kann das gar nicht entscheiden; er bildet sich das nur ein, weil er krank ist. Glauben Sie mir nur. Hätten Sie doch erst mich gefragt. Warum haben Sie sie bloß benachrichtigt. Das war der allergrößte Fehler, den Sie machen konnten. Wenn ich das gewußt hätte, hätte ich Herrn André irgendwohin gebracht, wo sie ihn nicht findet. Das wollte ich auch, ich wollte ihn mit einer Taxe zu seinen Leuten bringen, ich kannte nur die Adresse nicht. Statt dessen gibt er mir Ihre Adresse, und Ihnen fällt nichts Besseres ein als das. Lassen Sie mich jetzt gehen. Ich kann das nicht verantworten.‹ Doch er ließ mich nicht gehen, er legte seine Hand auf meine, um mich zu beruhigen, aber ich beruhigte mich nicht. ›Sie hat sogar den Phylax hinter ihm herhetzen wollen‹, sagte ich. ›Bestimmt! Nur weil sie merkte, daß Phylax ihr nicht gehorcht hätte, ließ sie es. Phylax gehorchte Herrn André schon viel mehr. Sie war ganz blaß vor Wut. Weil ich alles mit angesehen hatte, schickte sie mich hierher. Weil ich wußte, daß es Herrn André zu langweilig bei uns war, deshalb. Nein, ich will sie nicht sehen. Ich habe mich an das Leben hier gewöhnt, mir ist es ganz recht so. Aber wenn ich sie sehe, kann ich nicht für mich garantieren. Ich will keinen Streit, ich habe es satt. Und überhaupt, wenn Sie es so haben wollen, warum sind Sie dann nicht selber in die Kneipe gegangen und haben Herrn André herausgeholt? Es war Ihnen wohl nicht fein genug da? Dazu brauchten Sie so eine wie mich. Und jetzt, nachdem Sie mir alles aufgehalst haben, lassen Sie meine Herrin kommen, und ich kann sehen, wo ich bleibe. Was bilden Sie sich eigentlich ein? Nein, herzlichen Dank! Ich bin doch nicht Ihr Putzlappen.‹ Ja, ich wollte aufstehen und fortgehen; er hielt mich auch schon nicht mehr fest. Aber ich blieb sitzen, weil ich wußte, daß ich dann geheult hätte. Ich konnte auch nicht weggehen, ohne mich von Herrn André zu verabschieden. Ich wäre an der Straßenecke umgekehrt, vielleicht schon auf der Treppe. Zu mir sagen sie bei uns immer: Dich kann wohl nichts erschüttern? Und es ist wahr, wenn die andern Mädchen ihre Launen haben und wegen irgendeines Kerls anfangen zu heulen, sage ich: Das glaubt ihr doch selber nicht. Macht euch nicht lächerlich. Nun war ich selber lächerlich und konnte nichts dagegen tun. Aber was für ein Zufall war es auch, daß ich Herrn André überhaupt wiedergesehen hatte, das müssen Sie bedenken. Außerdem hatte ich es ihm ja versprochen, daß ich dableiben würde. Sein Freund war zwar gekommen, aber was war das schon für ein Freund? Und wie sollte er Herrn André helfen? Er war ja selber hilflos. Er wußte in unserer Gegend nicht Bescheid, jedes Kind konnte ihn betrügen, das war zu sehen. Er war nur noch eine Last mehr für mich. Alles blieb auf mir hängen. Ich sagte: ›Nein, ich werde jetzt die Unfallstation anrufen, damit man ihn ins Krankenhaus bringt. Vielleicht können sie da die braunen Flecke wegbringen. Man muß es wenigstens versuchen, sonst macht man uns nachher Vorwürfe.‹ Doch er sagte: ›Wer soll uns Vorwürfe machen? Das brauchen wir nicht zu befürchten. Ich passe schon auf. Deswegen bin ich ja hier.‹ Und ich sagte: ›Ach Sie!‹ Es fuhr mir heraus, ich wollte ihn nicht beleidigen, aber er saß da, wie jemand im Wartezimmer beim Zahnarzt und als ob er ganz vergessen hätte, wo wir waren. Einfach wie jemand, der wartet, bis er an der Reihe ist. Zu komisch, und er war auch nicht beleidigt. Er sagte: ›Viel helfen kann ich nicht, Sie haben recht. Aber wir müssen warten, bis er von selbst aufwacht. Vielleicht will er mir noch etwas sagen, das ist alles.‹ Ich fragte: ›Was will er Ihnen denn sagen?‹, und er sagte: ›Vielleicht will er mir auch nichts sagen, das kann man nicht vorher wissen. Man muß eben darauf warten. Vielleicht will er nur Ihnen noch etwas sagen.‹ ›Mir?‹ ›Vielleicht will er, daß ich dabei bin, wenn er Ihnen etwas sagt.‹ Ich sagte: ›Mir braucht er nichts zu sagen‹, und er sagte: ›Sie können ruhig solange schlafen. Ich passe schon auf. Sie werden doch müde sein.‹ Ich sagte: ›Nein, ich bin nicht müde. Sie wollen ja auch nur, daß ich nicht zuhöre, wenn Sie sich mit ihm unterhalten‹, und er sagte: ›Warum sind Sie so mißtrauisch? Wir haben doch keine Geheimnisse vor Ihnen.‹ Ich war wirklich mißtrauisch, ich sagte: ›Sie machen sich nur über mich lustig.‹ Doch er schüttelte den Kopf und sagte: ›Dazu bin ich viel zu traurig.‹ Dabei lächelte er sogar; er sah gar nicht traurig aus, nur komisch, wie er dasaß. Viele von den Kunden sagen, daß sie traurig sind, das kennt man. Sie meinen, es imponiert uns. Hinterher sind sie nicht mehr traurig. Aber dieser Mann wollte nichts von mir, er war nur komisch.

Ich fragte ihn: ›Sind Sie vom Zirkus?‹ Darüber war er ganz erstaunt. ›Wie kommen Sie darauf?‹ fragte er, ›sehe ich so aus?‹ Ich erzählte ihm, daß man bei uns über ihn geredet hätte und daß einige meinten, er wäre wohl vom Zirkus. Wegen seines Ganges. ›Wegen meines Ganges?‹ fragte er. ›Sieht man denn etwas?‹ Ich sagte, man sähe es schon, und er wunderte sich; er meinte, man könne es nicht sehen. Er wollte wissen, ob ich es Herrn André erzählt hätte und was Herr André dazu gesagt hätte. Ich sagte, Herr André hätte gelacht. Er sagte nicht Herr André, wenn er von ihm sprach, er wies nur mit dem Kopf zum Bett hin. Er fragte, ob man bei uns auch von Herrn André glaube, daß er vom Zirkus sei. Ich sagte: ›Was für ein Unsinn! Das sieht man doch. Und außer mir kennt ihn doch niemand. Sie halten mich wohl für dumm?‹ Doch er sagte: ›Es ist gut, daß Sie mir das erzählen. Wenn es ihn zum Lachen bringt, werde ich nachher so tun, als ob ich vom Zirkus wäre. Das ist wirklich eine gute Idee.‹ Ich ärgerte mich, ich sagte: ›Ich weiß nicht, was daran gut sein soll. Albern ist es.‹ Ich meinte wieder, daß er sich über mich lustig machte. ›Nein‹, sagte er, ›ich bin nicht vom Zirkus. Wirklich nicht. Darum hat er auch gelacht. Aber es ist eine gute Idee, ich wäre nie darauf gekommen. Nein, ich bin Wirtschaftsprüfer.‹ ›Wirtschaftsprüfer?‹ fragte ich, und er sagte: ›So nennt man es. Einige sagen auch Steuerberater. Es hat mit Zahlen und Geld zu tun. Man sieht in den Büchern der Kaufleute und der Fabriken nach, ob alles richtig eingetragen ist. Es darf kein Rechenfehler vorkommen. Dafür bin ich angestellt.‹ Ich konnte es nicht glauben, und wenn Sie ihn gesehen hätten, würden Sie es auch nicht geglaubt haben. Ich fragte: ›Ist das auch wahr?‹, und er sagte: ›Ich habe Visitenkarten von der Firma bei mir, bei der ich angestellt bin. Ich kann Ihnen auch meinen Ausweis zeigen.‹ Ich sagte: ›Ach, Ausweis! Ich habe selber einen. Dann kennen Sie wohl auch meinen Chef?‹ Doch er sagte, er kenne ihn nicht; man könne nicht alle Unternehmen kennen. Ich wunderte mich immer noch, ich sagte: ›Ich dachte, Sie wären reich‹, und er sagte, reich wäre er nicht, aber das Gehalt sei ganz gut. Ich konnte es immer noch nicht glauben, ich war sogar enttäuscht. ›Und Herr André?‹ fragte ich. ›War Herr André auch Steuerberater?‹ Er sagte nein, Herr André wäre Gutsbesitzer gewesen. ›Gutsbesitzer?‹ fragte ich erstaunt, und er sagte: ›Nein, das stimmt nicht ganz. Das Gut gehörte jemand andrem. Er war Gutsverwalter, wie man es nennt. Wir dürfen nämlich nur Angestellte sein.‹ Er sah, daß ich ihm immer noch nicht glaubte. Ich sagte ihm auch, daß Herr André nie davon gesprochen hätte, als er bei uns war. Und er sagte: ›Warum sollte er auch. Der Beruf ist doch ganz unwichtig. Wen interessiert das schon? Der eine wird das und der andere das. Wir können es uns auswählen. Man sagt uns nur, daß wir einen Beruf haben müssen, ja, daß wir uns irgendwo anstellen lassen sollen, ganz gleich wo. Man muß doch Geld verdienen, sonst fällt man auf. Wer redet denn darüber? Das ist doch langweilig. Und was hat das mit uns zu tun? Das ist doch nur für die Polizei und für die Steuerbehörden interessant. Wenn im Ausweis ein Beruf steht, fragen sie nicht erst: Wovon leben die eigentlich? Das wissen Sie doch alles selber.‹ Aber ich fragte: ›War er wirklich Gutsbesitzer?‹, und er sagte: ›Nein, Gutsverwalter, so stand es in den Papieren.‹ Und ich sagte: ›Ich dachte, die hätten rote Hände und wären dick. Es war mal einer hier. Er hatte eine Schweinsbeule im Nacken. Ich kann es nicht glauben, daß Herr André so einer war. Und warum ist er es nicht geblieben? Vielleicht wäre es besser für ihn gewesen?‹ Und er sagte: ›Manchmal hält man es nicht aus und will den Beruf wechseln.‹ Und ich sagte: ›Damals hatte Herr André gar keinen Beruf.‹ Da seufzte er etwas: ›Ja, das war es.‹

›Sie sind ein komischer Mann‹, sagte ich, und er sagte: ›Ich bin aber wirklich nicht vom Zirkus, glauben Sie mir bitte. Ich hätte auch zum Zirkus gehen können, verboten ist das nicht. Ich weiß natürlich nicht, ob man mich da hätte brauchen können, aber ich bin gar nicht auf die Idee gekommen.‹ Aber ich sagte: ›Sie reden nur so. Sie reden und reden und sind höflich und denken: dann merkt sie es nicht. Das kennt man. Sie wollen es mir nur nicht sagen.‹ Und er sagte: ›Aber ich sage Ihnen doch alles. Sie wundern sich nur, weil es so selbstverständlich ist, daß es nicht nötig ist, es zu sagen. Das kennt man, ja, Sie haben ganz recht.‹ Ich sagte: ›Sie wollen mir das nur einreden. Sie wollen mich für dumm verkaufen. Doch! Haben Sie Herrn André da kennengelernt?‹ – Er fragte: ›Wo?‹ Ich sagte: ›Als er Gutsverwalter war oder wie Sie es nennen. Stellen Sie sich doch nicht so an. Haben Sie ihm die Wirtschaft geprüft?‹ Da lachte er vor sich hin, und ich war wütend. Er entschuldigte sich für das Lachen, er sagte: ›So lernt man doch niemanden kennen.‹ Und ich fragte: ›Wie denn sonst? Haben Sie ihn schon vorher gekannt?‹, und er sagte: ›Ich wußte von ihm.‹ Ich fragte: ›Sind Sie mit ihm verwandt?‹ Er sagte: ›So kann man es nennen, es ist sogar ganz gut. Wir stammen aus derselben Gegend.‹ Da rief ich: ›Aber warum haben Sie ihm dann nicht geholfen?‹ Ich sagte es viel zu laut. Wir sahen zu Herrn André hin, doch zum Glück hatte er es nicht gehört, er schlief ruhig weiter. Aber die Martha hatte es in der Küche gehört. Sie schlurfte über den Korridor und horchte draußen. Der Mann flüsterte: ›Soll ich ihr Geld geben?‹, und ich flüsterte: ›Sie immer mit Ihrem Geld! Nein, auf keinen Fall. Sie hat genug gekriegt. Sie ist eine feige Person. Sie wird schon von selbst wieder in die Küche gehen, wenn wir leise sind.‹ Und so war es auch. Nach einer Weile hörten wir, wie sie in die Küche zurückschlurfte. Ich atmete auf. Wenn sie erst an die Tür geklopft hätte, weil wir zu laut waren und es die andern Mieter störte, wäre Herr André bestimmt aufgewacht.

›So geht es nicht weiter‹, sagte ich, ›wir müssen einen Plan machen.‹ ›Einen Plan?‹ fragte er. ›Ja, wegen Herrn André‹, sagte ich, ›es ist hohe Zeit.‹ Ich dachte wieder an meine Herrin, und daß er sie benachrichtigt hatte. Er hatte es mir nur auszureden versucht, und beinahe war es ihm gelungen, doch mit mir konnte er das nicht machen. Er blickte zu Herrn André hin, viel zu lange, und ich wurde ungeduldig. Ich sagte: ›Sagen Sie endlich etwas.‹ Und er sagte: ›Nein, wir können nichts tun als warten. Das ist das einzige, was wir für ihn tun können.‹ Ich sagte: ›Sie mit Ihrer blöden Warterei! Dann ist es zu spät.‹ Doch er sagte: ›Wir müssen leider noch warten.‹ Da sagte ich: ›Nein, beim Warten kommt nichts heraus. Sie kennen sie nicht. Sie ist gefährlich. Da hilft Ihnen auch die Polizei nicht.‹ Doch er sagte: ›Ach, die Polizei! Dazu braucht man die Polizei doch nicht.‹ Und er sagte noch, daß Herr André – doch so nannte er ihn nicht, er nannte ihn gar nicht –, daß Herr André sicher lachen würde, wenn wir ihm erzählten, daß wir die Polizei zu Hilfe rufen wollten. Das ärgerte mich wieder, ich sagte: ›Sie nehmen das alles nicht ernst, auch Herr André nicht. Das ist das Ganze, und deshalb ist Herr André auch so krank geworden.‹ Er versicherte mir, daß Herr André und er es sehr ernst nähmen, sie bemühten sich jedenfalls, es ernst zu nehmen, auch wenn sie manchmal lachten, wenn es nichts zu lachen gäbe. ›Aber die Polizei‹, sagte er, ›das wäre dann ja wirklich wie im Zirkus.‹ Es war nichts mit ihm anzufangen. ›Man merkt, daß Sie mit Herrn André verwandt sind‹, sagte ich, ›auch wenn Sie ihm nicht ähnlich sehen.‹

Ich stand auf und ging zum Fenster, um auf die Straße zu sehen, doch auf der Straße war nichts, so ließ ich den Vorhang wieder zurückfallen. Die Holzkugeln an den Gardinenschnüren klapperten. Ich ärgerte mich, daß ich nicht daran gedacht hatte, und über die Martha, weil sie die dummen Dinger da angebracht hatte. Aber Herr André hatte es nicht gehört, er schlief. Auch darin waren die beiden sich ähnlich: Herr André schlief, und der andere saß auf seinem Stuhl, als ob nichts wäre. Alles überließen sie mir. Sie redeten so, daß man meinte, sie hätten recht. Darauf verstanden sie sich. Sie taten einem sogar etwas leid, auch das brachten sie fertig, aber wenn es darauf ankam, überließen sie alles mir. Und was glauben Sie. Während ich da noch beim Fenster herumstand und überlegte, welchen Entschluß ich fassen sollte, sagte dieser Mann zu mir: ›Es ist noch lange nicht soweit. Sie brauchen nicht nervös zu sein.‹ Ich setzte mich wieder hin und sagte: ›Nervös? Daß ich nicht lache! Ich kann es nicht leiden, einfach dazusitzen und nichts zu unternehmen.‹ Und er sagte, ja, da sei das schwerste. Und ich sagte, das könne er von mir aus in seinem Beruf machen, und es wäre mir ganz gleich, ob es schwer wäre oder nicht, aber nicht hier bei uns. ›Wo kämen wir hin?‹ sagte ich. ›Oder bilden Sie sich ein, daß nur Ihre Leute, deren Bücher Sie nachrechnen, wie Sie behaupten, auf Geld aus sind? Und überhaupt, was haben Sie eigentlich in unserer Gegend zu suchen? Hier brauchen wir keinen Wirtschaftsprüfer, nehmen Sie es mir nicht übel. Und sehen Sie sich doch selbst an. Schön, ich habe den Max zu Ihnen geschickt, weil Herr André es so wollte, aber auch er gehört nicht hierher, das sieht jedes Kind. Solche Leute wie Sie! Und Sie haben sich ja auch schon vorher in unserer Gegend sehen lassen. Was haben Sie denn hier verloren?‹ Er sagte: ›Fragen Sie das im Ernst?‹ Und ich sagte: ›Natürlich ist es mein Ernst. Ich bin doch nicht wie Sie und Herr André. Und glauben Sie nur ja nicht, daß wir keine Augen im Kopf haben. Wir sehen alles, und auch Sie sind gesehen worden. Man hat Sie immer gleich wiedererkannt, wenn Sie wieder auftauchten. Uns entgeht nichts. Man hat schon gemeint, Sie wären ein Spion. Sind Sie ein Spion?‹ Da lachte er leise, und ich sagte: ›Lachen Sie nicht. Und natürlich werden Sie es mir nicht verraten, wenn Sie ein Spion sind.‹ Und er sagte: ›Ich habe nur gelacht, weil es doch gar nichts zu spionieren gibt.‹ Aber er müsse das Herrn André erzählen; denn Spion wäre genauso lustig wie das mit dem Zirkus. Ich sagte, ich sähe nichts Lustiges, es wäre nur albern. ›Das sind auch nur faule Ausreden‹, sagte ich, ›Sie wollen sich nur um eine Antwort drücken. Sie wollen es nur hinziehen, bis ich müde werde und schon überhaupt nicht mehr frage, weil doch nichts dabei herauskommt, und bis es zu spät ist. Und so etwas nennt sich ein Freund. Sie sollten sich nur selber sehen, wie Sie da sitzen. Ein schöner Freund. Sie hätten lieber in Ihrem Bett bleiben sollen. Für großartige Redensarten braucht Sie hier niemand, die hören wir hier genug, und es steckt nichts dahinter. Damit macht man uns nicht konfus. Und Herrn André ist auch nicht damit geholfen. Und wenn es nicht wegen Herrn André wäre ... Ja, woher kennen Sie mich eigentlich? Oder hat Herr André Ihnen von mir erzählt? Denn wenn er Ihnen von mir erzählt hat ... Lügen Sie jetzt nicht. Sitzen Sie nicht da wie ein Unschuldslamm. Hat er Ihnen tatsächlich von mir erzählt?‹ Und er sagte: ›Ich habe gar nicht mit ihm gesprochen. Ich wußte nur, daß er Sie braucht.‹ ›Sie wußten, daß er ...‹, sagte ich. ›Aber das können Sie mir doch nicht weismachen. Er hat nicht mit Ihnen gesprochen, behaupten Sie, und Sie kommen hier alle Jubeljahre in unsere Gegend, wo Sie nichts verloren haben. Sie wollen nichts von uns, und schwul sind Sie auch nicht, das weiß man. Und dann reden Sie eine Wildfremde an und schicken mich in die Kneipe, damit ich Herrn André heraushole, und machen sich selber aus dem Staub. Das ist doch höchst sonderbar. Kein Wunder, daß man Sie für einen vom Zirkus hält. Oder für einen Spion. Erzählen Sie mir doch keine Märchen.‹ Doch er sagte: ›Wen hätte ich denn sonst schicken sollen?‹, und darauf wußte ich nichts zu antworten; denn er hatte recht, außer mir hätte keiner Herrn André aus der Kneipe geholt, es kannte ihn ja niemand. Und er sagte noch: ›Und daß ich hier manchmal herumlaufe, wo ich nichts verloren habe, wie Sie sagen, ist vielleicht unrecht. Ich verbiete es mir auch immer, aber manchmal hält man es einfach nicht aus. Sie wissen doch selber, wie das ist. Man hat es satt, alles ist so sinnlos, und man meint, es nicht mehr ertragen zu können. Dann gehe ich hier spazieren. Hier braucht man nicht an seinen Beruf zu denken. Vielleicht ist es feige, das ist wahr, aber man hat eben Angst, daß man zu traurig wird. Mehr ist das nicht. Das müßten Sie doch verstehen.‹ Und ich sagte: ›Ich gehe dann ins Kino‹, und er sagte: ›Sehen Sie!‹ Doch er wollte mich nur wieder ablenken, und von mir war ja auch nicht die Rede. Darum fragte ich: ›Und Herr André?‹, und er fragte: ›Was ist mit ihm?‹ Und ich fragte: ›Ist er deshalb zu uns gekommen?‹, und er sagte: ›Klar.‹ Und ich fragte: ›Warum haben Sie ihn nicht daran gehindert?‹ Und er sagte: ›Das kann man doch nicht, das wissen Sie doch selbst. Wir dürfen es auch nicht. Wir können nur abwarten.‹ ›Wir?‹ fragte ich, und er sagte: ›Ja, Sie und ich.‹ Daran merkte ich, daß er mich nur ablenken wollte. Das sagte ich ihm auch. Ich sagte, er solle mich gefälligst aus dem Spiel lassen, er solle sich um Herrn André kümmern. Doch er sagte: ›Sie haben ihn damals ja auch nicht daran gehindert‹, und das empörte mich. Ich sagte: ›Jetzt soll ich noch die Schuld haben, daß es Herrn André schlechtgeht. Sie sind mir der Rechte. Wie hätte ich ihn denn hindern können. Ich war noch ein dummes Ding damals, ein halbes Kind. Von all den Sachen hier wußte ich nichts. Das weiß ich erst jetzt.‹ Und er sagte: ›Sehen Sie.‹ Und ich sagte: ›Lassen Sie Ihr dummes ‚Sehen Sie!', ich kann es nicht mehr hören. Ist Herr André denn nicht wieder auf sein Gut gegangen oder was es war?‹ Und er sagte: ›Nein, das ist auch nicht möglich. Man kann nicht in denselben Beruf zurückgehen, wenn man ihn einmal verlassen hat.‹ Ich fragte: ›Was hat er denn unterdessen getan?‹ Und er sagte: ›Er wird versucht haben, sich wieder zurechtzufinden, glaube ich.‹ Und ich sagte: ›Warum haben Sie ihm keine Stellung verschafft? Warum haben Sie ihm nicht dabei geholfen?‹ Und er sagte: ›Das geht nicht. Das dürfen wir auch nicht. Wir dürfen nicht dabei stören. Wir dürfen nur warten.‹ Er seufzte, ich fragte ihn, warum, und er sagte, weil es schwer ist. Ich fragte: ›Gibt es denn mehr solche wie Sie?‹ Und er sagte, es gäbe schon einige, auch in dieser Stadt, wenn auch nicht viele, und nicht so viele, wie die andern Menschen. Wieviel wüßte man nie genau. Ich fragte, ob sie auch Steuerberater seien, und er lachte und sagte, sie hätten irgendwelche andern Berufe. Ich sagte: ›Lachen Sie nicht immer. Ich weiß selber, daß ich dumm bin, aber so dumm nun auch wieder nicht. Warum hat Herr André sich nicht einfach an diese Leute gewandt, als er hierher zurückkam? Wenn es doch seine Leute sind, wie Sie sagen. Und warum haben Sie sich nicht einfach zusammengetan und ihm geholfen, wenn Sie Freunde sind, wie Sie sagen?‹ Und er sagte, das dürften sie nicht, und Herr André wüßte es auch, daß sie es nicht dürften, darum hätte er sich nicht an sie gewandt und es selber versucht. ›Das geht über meinen Verstand. Das will mir nicht in den Kopf. Aber daß einer von Ihnen sich nicht zurechtfindet, wie Sie es nennen, und daß er davon braune Flecke kriegt und nicht mehr allein gehen kann und kaum mehr Luft holen kann, und den armen Herrn André in einem Bumslokal krepieren lassen, wenn ich nicht zufällig seinen Namen gekannt hätte, nein, Sie können sagen, was Sie wollen, und ich will auch kein Wort mehr davon hören, und damit Sie es wissen, ich habe das auch vorhin Herrn André gesagt, damit er Bescheid weiß, aber leider hat er nicht auf mich gehört, und weil er so krank ist, wollte ich mich nicht lange mit ihm streiten und bin so dumm gewesen, den Max mit dem Zettel zu Ihnen zu schikken, doch Bescheid weiß Herr André wenigstens über Sie, dem können Sie keine Geschichten erzählen wir mir, der lacht Sie aus, denn er hat endlich eingesehen, daß mit seinen Freunden kein Staat zu machen ist –, ich habe zu ihm gesagt: Die lassen die Welt untergehen und rühren auch nicht den kleinsten Finger. Die sitzen auf ihrem Stuhl und schauen zu und sagen: Wir müssen noch etwas warten, und tun sich noch groß damit und seufzen: Warten ist das schwerste, und wollen noch von unsereinem bemitleidet werden. Das kennt man. Ja, das sind Freunde, die kennt man. Auf die können Sie warten, Herr André, habe ich zu ihm gesagt, bis es zu spät ist. Wer auf die rechnet, kann sich lieber gleich vor einen Omnibus schmeißen, dann stehen die lieben Freunde herum und halten Maulaffen feil, damit ihnen nur ja nichts von dem Unfall entgeht und sie sich zu Haus damit aufspielen können, und wenn der Polizist herumfragt, ob jemand sich als Zeuge melden will vor Gericht und wegen der Versicherung, dann verdrücken sie sich rasch in der Menge, denn auch das ist den lieben Freunden schon zu viel, sie wollen nur Worte daraus machen und legen sich vor lauter Anstrengung ins Bett und warten auf den nächsten Unfall. Wie lange wollen Sie denn noch warten? Ach, mir steht das alles bis hier. Ich vertrödle hier meine Zeit. Menschenskind, wissen Sie überhaupt, wie spät es ist? Sehen Sie gefälligst auf Ihre Uhr. Ich habe keine bei mir, in unserm Beruf braucht man keine Uhr; man weiß auch so, was die Zeit ist. Was? Sie haben nicht einmal eine Uhr? Sie haben sie in der Eile auf dem Nachttisch liegenlassen? In der Eile? Sie haben wohl Angst gehabt, daß sie Ihnen hier wegkommt? Nicht einmal eine Uhr! Und so etwas wird Freund genannt.‹

Und was meinen Sie? Er hörte sich mein Geschimpfe an, bis ich so erschöpft war von all dem Ärger, daß ich nicht mehr wußte, was ich noch sagen sollte, da es ja doch keinen Sinn hatte. Er saß da und schwieg und wartete. Es war zum Heulen. Und was meinen Sie? Als ich schon alles aufgegeben hatte, sagte er: ›Sie ist schon unterwegs.‹ Stellen Sie sich das vor! Nein, Sie können sich nicht vorstellen, wie erschrocken ich war. ›Sie ist unterwegs?‹ fragte ich. Und er nickte mit dem Kopf und sagte: ›Ja, genau wußte ich es auch nicht, ob sie kommen würde, aber sie ist schon unterwegs. Sie hat die schwarze Limousine genommen.‹ ›Sie hat die . . .?‹, wollte ich rufen, doch ich flüsterte nur: ›Die nimmt sie nur für besondere Fälle.‹ Und er sagte: ›Es wird trotzdem noch einige Zeit dauern. Sie muß langsam fahren wegen des Nebels.‹ Und ich sagte: ›Sie hat gelbe Nebellampen daran.‹ Und er sagte: ›Die nützen nicht viel. Der Nebel ist sehr dicht. Sie muß sehr langsam durch die Wälder fahren. Sie ist noch lange nicht an der Brücke.‹ Ich fragte: ›Und Herr André?‹ Ich blickte zu Herrn André hin, auch er sah zu ihm hin, er sagte: ›Er weiß, daß sie unterwegs ist. Er weiß, daß es noch etwas dauern wird, bis sie an der Brücke ist. Dann wird er sicher aufwachen. So lange kann er noch schlafen.‹ Ich fragte: ›Können Sie nichts dagegen tun?‹, und er schüttelte den Kopf. Ich sagte: ›Sie gibt sich nicht mit Krankenpflege ab. Sie hätten sie nicht zu benachrichtigen brauchen. Sie mag keine Kranken, glauben Sie mir doch. Das überläßt sie uns. Ich kenne sie, ich kenne sie, und Sie kennen sie nicht. Wir müssen etwas tun.‹ Doch er sagte: ›Bitte schimpfen Sie jetzt nicht wieder. Man tut sich nur selber weh damit. Und wenn es auch noch etwas dauert, so viel Zeit ist doch nicht. Nachher sind wir dann traurig, weil wir das bißchen Zeit mit schimpfen verbracht haben. Nein, bitte, wir müssen warten.‹ Aber ich ließ nicht locker; ich fragte: ›Können Ihre Leute nichts tun?‹, doch er schüttelte den Kopf. Ich sagte: ›Wollen Sie es nicht wenigstens versuchen? Wollen Sie nicht lieber Ihre Leute rufen?‹, doch er sagte: ›Das dürfen wir nicht, das ist verboten. Schimpfen Sie bitte nicht!‹ Ich sagte: ›Ich schimpfe ja gar nicht. Ich dachte nur, Sie hätten Macht. Und wenn Sie sich mit Ihren Leuten zusammentun, haben Sie mehr Macht als die.‹ Doch er sagte: ›Ach, Macht! Was nützt denn Macht! Und zusammentun darf man sich erst recht nicht, das ist schon ganz und gar verboten. Es wird gehofft, daß wir allein damit fertig werden. Ja, das wird gehofft. Wenn wir um Hilfe schreien, wäre das eine große Enttäuschung. Vielleicht müssen sie gerade selbst allein mit etwas fertig werden und geben sich Mühe, und wir stören sie dabei. Nein, bitte, das darf nicht sein, die Enttäuschung wäre zu groß. Das wissen Sie auch selbst. Sie müssen sich nicht ärgern, daß ich Sie da in die Kneipe geschickt habe, um ihn herauszuholen. Ich durfte ihn nicht selber herausholen, und er wäre auch gar nicht mitgekommen, weil er weiß, daß ich das nicht darf. Und ihn da sterben lassen, wollte ich auch nicht. Wirklich, ich habe lange überlegt, ob ich Sie hineinschicken und Ihnen all die Mühe machen sollte. Doch! Darum bin ich da auch manchmal gesehen worden; ich mußte warten, bis es soweit war. Und wen hätte ich denn sonst hineinschicken sollen? Sie waren doch die einzige, die ihn kannte. Und ich glaube auch, daß es das Richtige war. Seien Sie nicht böse, daß ich das sage, denn genau weiß man das natürlich nicht. Es sind auch nur Worte, Sie haben ganz recht.‹ Er seufzte so komisch; er merkte es selbst und entschuldigte sich, daß er schon wieder geseufzt hätte. Da fragte ich ihn: ›Wozu sind Sie denn überhaupt hier?‹ Das brachte ihn etwas aus der Fassung, ich weiß nicht warum. Er sah zu Herrn André hinüber, ob der es gehört hatte, dann sagte er: ›Der Zettel. Ich wußte nicht, ob er ihn noch hatte. Er hat ihn schon lange. Er muß ihn von drüben wieder mitgebracht haben.‹ Und ich sagte nein, drüben hätte Herr André einen andern Anzug gehabt, und ich würde es auch gemerkt haben, denn ich hätte ja seinen Anzug ausgebürstet, wenn er schlief. Doch er meinte, der Zettel könnte ja auch in einem andern Anzug geblieben sein, den er hiergelassen hatte, als er nach drüben ging. ›Ich kenne seine Anzüge doch nicht‹, sagte er, ›ich habe nicht darauf geachtet. Vielleicht war es ein abgetragener Anzug, in dem er sich nicht bei Ihnen sehen lassen mochte. Ich hoffte, daß er den Zettel noch hatte, das stimmt, aber wie sollte ich es wissen? Er hätte ihn ja längst fortgeworfen haben können, von der Brücke in den Fluß oder irgendwo im Wald da drüben, wo man ihn nicht findet und die Schrift abgewaschen wird. Erst als Sie den Jungen mit dem Zettel schickten, durfte ich kommen. So lange mußte ich warten.‹

›Sind Sie ein Pastor?‹ fragte ich. Da lachte er wieder in sich hinein. Er sagte: ›Das müssen wir ihm erzählen. Erst vom Zirkus. Und dann ein Spion. Und nun ein Pastor. Wie kommen Sie darauf? Ich habe Ihnen doch gesagt, daß ich nicht aus dieser Gegend bin.‹ Und ich sagte: ›Das sehe ich selbst. Es war einmal einer bei uns, deshalb. Er kam nachmittags. Er wollte sonst nichts von uns, er wollte nur reden. Wir luden ihn zu einer Tasse Kaffee ein. Er redete und wir hörten zu. Ein netter junger Mann, nicht älter als Sie. Er hatte einen andern Kragen um, ja, aber seine Stimme war schön. Einige Mädchen heulten und gaben ihm Geld für seine Kirche. Auch ich gab ihm Geld, weil die andern es taten, und damit er nicht umsonst zu uns gekommen war. Ich bat ihn, ob er nicht Sonntagsmorgens etwas leiser mit seinen Glocken sein könnte. Abends könnte er damit so laut sein, wie er wolle, das schadete nichts, aber Sonntagsmorgens wäre man immer besonders müde von dem Betrieb, und wir brauchten unsern Schlaf. Er sagte, es sei nicht seine Kirche, und ging. Die Mädchen machten mir Vorwürfe; sie sagten, ich hätte ihn gekränkt. Wieso? Ich habe ihm doch Geld gegeben, und woher sollte ich wissen, daß es nicht seine Kirche war, die immer den Lärm machte?‹ Und dann sagte ich, weil ich mich ärgerte, daß er mich doch wieder abgelenkt hatte: ›Das ist alles dummes Zeug, und wozu davon reden. Und was hat das alles mit Herrn André zu tun? Wenn es Ihnen Spaß macht, können Sie meinetwegen reden, soviel Sie wollen, aber nicht jetzt und nicht mit mir. Dazu bin ich nicht hier. Und dazu braucht Sie keiner.‹

Er sagte: ›Das fragen wir uns selbst‹, und ich sagte: ›Was?‹ Und er sagte: ›Wozu wir eigentlich hier sind.‹ Und ich sagte: ›Dann tun Sie doch etwas für Herrn André, dann wissen Sie es. Und wenn Sie nichts tun dürfen, wie Sie sagen ... was für ein Quatsch! Wer will Ihnen denn das verbieten? Erzählen Sie mir doch nichts! –, aber das ist Ihre Sache, und wenn Sie nichts tun können, sitzen Sie hier nicht herum. Gehen Sie lieber nach Haus und legen sich aufs Ohr. Hier sind Sie nur im Wege. Hat man je so etwas gehört! Es ist Ihnen verboten zu helfen, aber bequem auf Ihren vier Buchstaben sitzen und schöne Worte machen, das dürfen Sie. Und das nennen Sie Leben?‹ Er wollte wieder anfangen ›Man hat uns gesagt‹, das sah ich, doch ich ließ ihn nicht zu Wort kommen, ich sagte: ›Ich habe genug von Ihrem ‚Man hat uns gesagt'. Man hat Ihnen etwas Falsches gesagt. Da war Herr André ein andrer Kerl. Er hat sich nicht danach gerichtet, was man ihm gesagt hat. Der war nicht so feige und blieb auf seinem Stuhl hocken. Das war kein Leben für ihn, das war ihm viel zu langweilig; dem reichte es nicht aus, schöne Worte zu machen. Man hat uns gesagt! Man! Man! Was hat man mir nicht alles gesagt? Na und? Soll ich dem nachweinen, was man mir gesagt hat, weil es nicht stimmt? Gehen Sie doch über den Fluß! Versuchen Sie es wenigstens. Ach Sie! Sie kommen nicht einmal bis hinüber, das ist Ihnen viel zu unbequem. Und wenn Sie hinüberkommen, bleiben

Sie bei den Fabriken hängen und heiraten eine von den Arbeiterinnen, damit Sie es abends gemütlich haben. Damit Ihnen jemand das Geschirr abwäscht, für nichts und wieder nichts, nur weil man es Ihnen gesagt hat. Und vielleicht bekommt die arme Person noch ein Kind von Ihrem ‚Man hat uns gesagt'. Man! Man! Und dem armen Wurm predigen Sie womöglich auch noch: Man hat uns gesagt. Und die Welt wird nur älter davon, und nichts wird anders. Sehen Sie doch Herrn André an.‹ Er sah tatsächlich hin und stand auf. Ich fragte: ›Wo wollen Sie nun schon wieder hin?‹ Und er sagte: ›Vielleicht bilden wir es uns nur ein, daß man es uns als Kind gesagt hat.‹ Und ich stand auch auf und sagte: ›Jetzt wird er auch noch wehleidig.‹ Und er sagte: ›Sie haben recht. Man darf nicht davon reden. Es ist zu furchtbar.‹ ›Mit Ihnen ist es furchtbar‹, sagte ich.

Da passierte wirklich etwas Furchtbares. Ich kann es Ihnen nicht schildern; wenn man es erzählt, denken Sie, das kann doch nicht furchtbar gewesen sein, was hat sie nur. Aber ein zweites Mal würde ich es nicht überleben. Kommen Sie noch etwas näher, denn die da nebenan darf es auf keinen Fall hören. Sie nutzt es sonst aus. Ich kann mich ja nicht wehren. Ich kann mich nicht rühren. Sie hat mir das Bein viel zu fest geschnürt. Ich würde sie sonst treten, ich würde sie in den Bauch treten, wenn sie sich über mich beugt, um mich zu quälen. Dann wird sie das Telefonieren lassen. Sie telefoniert die ganze Zeit. Sie wird sich den Bauch halten und der Kaffee wird ihr hochkommen. Vielleicht ist ihr etwas geplatzt. Man wird sie aus dem Krankenhaus werfen. Mit solchen kann man nicht anders umgehen. Aber regen Sie sich nicht auf. Das ist nicht Ihre Sache. Das müssen wir erledigen, das können Sie nicht. Kommen Sie näher.

Wir hatten nämlich Herrn André vergessen. Wir hatten vergessen, daß er da lag. Wir standen beide da. Sein Freund wollte weggehen, glaube ich, weil ich immer nur schimpfte. Er tat mir etwas leid, denn eigentlich wollte ich nicht schimpfen. Ich schimpfe immer leicht, das ist wahr. Aber Sie müssen doch zugeben: was sollte ich denn mit ihm anfangen? Ja, er wollte weggehen, weil ich ihm gesagt hatte, er wäre nur im Wege. Ich meinte es nicht so, es fährt einem so heraus, wenn man wütend ist. Das heißt, er war mir wirklich im Wege, aber ich hätte es nicht zu sagen brauchen. Ich kann auch höflich sein. Zu den Kunden bin ich höflich, sie kommen vielleicht wieder und sie bezahlen ja auch dafür. Über mich hat sich noch keiner beschwert, Sie können bei uns nachfragen. Aber ich hatte doch keine Zeit, mich da mit dem Mann noch lange zu unterhalten, und nun war er beleidigt. Wir standen da also, und keiner wollte das erste Wort sagen –, und was war denn auch noch zu sagen? Er wolle nicht helfen, hätte er gesagt, und ich hätte nur wieder geschimpft –, da passierte es. Es rief jemand – nein, natürlich wurde nicht gerufen, das kam mir nur so vor, es kommt mir noch jetzt so vor. Wenn es so still ist, wie da bei der Martha – und es war da viel stiller als hier. Hier hört man den Fahrstuhl und die Ölheizung und wenn die da nebenan mit ihrer Tasse klappert – wenn es so still ist, braucht es nur zu flüstern, und das fährt einem wie ein Messer in den Leib. Man wagt sich nicht zu bewegen, man denkt, gleich fängt es an, weh zu tun, und wenn ich nur die kleinste Bewegung mache, falle ich tot um.

Es rief mich jemand beim Namen. Es flüsterte jemand: ›*Melitta.*‹

Sehen Sie, es war ihm mein Name wieder eingefallen, während er schlief. Mein wirklicher Name, der, den ich früher hatte. Hier nämlich hatten sie mir gesagt: Den Namen kennt hier keiner, das ist unpraktisch. Wir wollen sehen, ob ein anderer Name frei ist. Und so nannten sie mich Marie; denn die vor mir so hieß, war zu alt geworden, man hatte sie in ein Heim gebracht, deshalb war der Name frei. Es steht sogar in meinem Ausweis, daß ich Marie heiße, und ich gewöhnte mich daran. Ich weiß nicht, wie Sie heißen; Sie brauchen es mir auch jetzt nicht zu sagen, später vielleicht. Aber Ihnen wird es bestimmt auch so gehen: wenn alle Sie eine Zeitlang anders nennen, auch wenn Sie zu Anfang den Namen gar nicht mögen, hört man darauf, weil die andern es so wollen, und schließlich meint man selber, daß man so heißt. Und es ist auch bequemer; denn wenn Sie sagen, so heiße ich gar nicht, macht es die Leute nur konfus und sie denken: Die lügt. Und ich hätte auch nie auf meinen wirklichen Namen gehört, wenn ihn jemand gerufen hätte. Und wenn ich ihn gehört hätte, würde ich mich auf der Straße umgesehen haben und hätte gedacht: Wen meint denn der? So heißt hier doch niemand. Doch es war Herr André. Ihm war mein Name wieder eingefallen, denken Sie nur. Nach so langer Zeit. Das war furchtbar. Obwohl es eine große Freude war, aber ich war nicht darauf gefaßt.

Sein Freund, mit dem ich so geschimpft hatte, sah zu ihm hin: ›Na, bist du endlich aufgewacht?‹ Er grinste dabei so komisch, daß ich es auch wagte, zu Herrn André hinzusehen, und auch Herr André grinste. Er sagte zu mir: ›Der ist tatsächlich vom Zirkus.‹ Und sein Freund sagte: ›Nein, schon längst nicht mehr. Inzwischen war ich Spion. Und jetzt bin ich Pastor geworden.‹ Dabei machte er eine so komische Verbeugung, daß ich mir das Lachen verbeißen mußte. Ich wollte sagen: Aber Herr André, das ist doch dummes Zeug!, doch es ging nicht, ich hätte sonst losgelacht. Und Herr André sagte: ›Dem brauchst du kein Wort zu glauben.‹ Und sein Freund sagte: ›Du tust dich nur wichtig. Du hast es leicht, weil du da krank im Bett liegst.‹ Und Herr André sagte: ›Was bleibt mir denn andres übrig, als mich wichtig zu tun. Sonst glaubt mir niemand.‹ Da mußten wir alle loslachen, es war nicht mehr zu halten. Und wir würden noch lange gelacht haben, wenn man nicht von nebenan mit der Faust an die Wand gehauen hätte, daß bei uns der Kronleuchter klirrte. Und Herr André rief: ›Nichts für ungut, Herr Nachbar. Hier war einer, der die Wahrheit nicht hören wollte, darum mußten wir etwas laut reden. Schlafen Sie ruhig weiter, es soll nicht wieder vorkommen.‹ Und zu seinem Freund sagte er leise: ›Da hast du es. Das kommt dabei heraus. Geh lieber schnell zu der Wirtin hinaus und beruhige sie. Sie steht schon vor der Tür; Martha heißt sie, nicht wahr? Mach schnell. Wir haben nicht mehr allzuviel Zeit.‹ Da ging sein Freund gehorsam zur Tür und machte sie auf, und tatsächlich, die Martha stand da und zappelte mit den Armen und machte uns Zeichen. Doch der Freund von Herrn André faßte sie um wie eine gute Bekannte und zog sie mit sich fort. Er zog sie wohl in die Küche und hörte sich da ihr Gejammer an. Und wahrscheinlich gab er ihr wieder Geld, doch das war mir gleich; es war ja nicht das Geld von Herrn André.

Herr André sagte: ›Setz dich aufs Bett, komm. Damit unser Nachbar sich nicht wieder beschwert, wenn wir zu laut sind.‹ Das tat ich. Ich sagte: ›Geht es Ihnen besser, Herr André?‹ Doch er sagte: ›Ich habe euch zugehört. Ich bin schon eine Weile wach.‹ Und ich sagte: ›Warum haben Sie sich nicht gemeldet, Herr André? Wollen Sie jetzt vielleicht eine Tasse Fleischbrühe? Das wird Ihnen sicher guttun.‹ Und er sagte: ›Wir haben keine Zeit mehr für Fleischbrühe. Bitte hör zu. Das darfst du nie wieder tun, Melitta. Versprich mir das.‹ Ich rief: ›Was habe ich denn getan, Herr André?‹ Er machte Pst!, er bat mich, nicht so laut zu sein. Er sagte: ›Ich habe ihn doch nicht meinetwegen kommen lassen. Du und ich, wir wären auch allein fertig geworden, da hast du recht. Aber er meint, wir hätten ihn nötig. Er ist extra aus seinem Bett aufgestanden und hierhergekommen. Den Zettel habe ich doch nur seinetwegen aufbewahrt. Und du fragst ihn: Wozu sind Sie eigentlich hier? Das darfst du nie wieder tun.‹ Ich sagte: ›Ich habe es doch nicht so gemeint, Herr André. Bestimmt nicht. Ich habe nur mit ihm geschimpft, weil er Ihr Freund ist und nicht helfen wollte. Ich mag ihn gern, glauben Sie mir doch.‹ Doch Herr André sagte: ›Das kannst du zu andern

Leuten sagen, denen macht es nichts aus. Sie werden dir antworten: Ich habe einen Beruf, ich verdiene Geld, ich stehe im Telefonbuch, ich bin verheiratet. Ist das etwa nichts? Aber zu ihm nicht. Damit bringst du ihn um. Ich war sehr erschrocken, deshalb habe ich dich gerufen. Du hast zu ihm gesagt: Sie sind mir im Wege.‹ Ich wollte Herrn André sagen, daß es mir nur so herausgefahren wäre. Ich wollte aufstehen und hinausgehen, um mich bei seinem Freund zu entschuldigen, doch Herr André ließ mich nicht, er sagte: ›Nein, reiß jetzt nicht aus. Hör lieber zu. Wir beide müssen uns etwas überlegen, damit er sich nicht umbringt. Du mußt mir dabei helfen. So viele sind wir nämlich nicht. Und wenn man fragt: Wozu sind Sie eigentlich hier?, werden es noch weniger. Verstehst du?‹ Ich nickte mit dem Kopf, obwohl ich es nicht verstand. ›Du und ich‹, sagte er, ›uns kann man das fragen. Wir sind darüber hinaus. Aber um uns geht es ja nicht. Wir müssen etwas erfinden. Hoffentlich fällt mir noch etwas ein. Und du mußt mir dabei helfen. Bitte.‹ Ich nickte mit dem Kopf, ich wollte es ihm versprechen. Er sagte: ›Wir müssen es sehr schlau anfangen, sonst glaubt er es nicht.‹ Ich sagte: ›Vielleicht sollten Sie besser nicht so viel sprechen, Herr André. Es strengt Sie an.‹ Doch er lachte und sagte: ›Ach, du mit deiner Fleischbrühe. Nein, hör zu. Es ist sehr schwer für einen, wenn er gefragt wird: Wozu sind Sie eigentlich hier?, und keine Antwort darauf zu wissen. Das hält man nicht aus. Ich habe es ja auch nicht ausgehalten. Ich bin zu euch gegangen, weil ich es nicht länger aushielt. Die andern, und der da in der Küche, sie meinen, daß es das Richtige war und daß ich nun die Antwort wüßte. Wir dürfen ihn nicht merken lassen, daß wir die Antwort nicht wissen. Wir müssen das für uns behalten, verstehst du?‹ Ich nickte mit dem Kopf. Er sagte: ›Wir dürfen es ihm nicht noch schwerer machen, sonst bringt es ihn um.‹ Und ich sagte: ›Ich will es auch nicht wieder tun, Herr André. Bestimmt nicht. Wollen Sie nicht lieber noch etwas schlafen?‹ Und er sagte: ›Soll ich ihm sagen, daß er sich um dich kümmern soll?‹, und ich sagte, er könne ihm alles sagen, was er für richtig hielte. ›Natürlich brauchst du ihn nicht, das weiß ich‹, sagte er. ›Und er kann dir auch nicht viel helfen, das ist klar. Er wird dir etwas im Wege sein, das verstehe ich schon. Doch, du brauchst dich nicht zu entschuldigen. Aber für ihn wird es dann leichter, deshalb. Lach nicht.‹ Und ich sagte: ›Aber ich lache doch nicht, Herr André.‹ Und da sagte er: ›Sieh mal, dies alles hier wird zugrunde gehen, das weiß man. Du und ich, wir wissen es. Dafür sind wir da. Und auch er da draußen weiß es. Hör nur, er trinkt jetzt die Fleischbrühe. Er hat deine Martha kleingekriegt.

Das kann er. Er hat sie sogar zum Lachen gebracht. Ja, vielleicht ist dies alles hier schon dabei, zugrunde zu gehen. Vielleicht ist es schon zugrunde gegangen, und nur weil alle noch so tun wie vorher, merkt man es nicht gleich. Da ist nichts zu machen, das ist das Schwere. Verstehst du?‹ Ich fragte: ›Können Sie nichts dagegen tun, Herr André?‹ Doch er sagte nein, es ginge nicht. Ich sagte: ›Aber ich dachte immer, Sie hätten die Macht?‹ Und er sagte: ›Ach, Macht! Damit verplempert man sich doch nur, und darauf legen sie es an, um uns mit hineinzuziehen. Die Macht darf man gar nicht merken lassen. Nicht so wie ich, das weißt du doch selbst. Sieh mich doch nur an. Doch um mich geht es schon lange nicht mehr. Ich möchte nur nicht, daß der da in der Küche denkt, ich hätte ihn verraten. Ja, so eitel bin ich immer noch. Er soll nicht berichten müssen: Der da taugt nichts. Er hat uns im Stich gelassen. Nicht meinetwegen, das wäre gleich, aber ihn wird es traurig machen, so etwas berichten zu müssen. Er fühlt sich dann noch mehr allein, und die andern, die den Bericht lesen, auch. Das darf nicht sein. Dann halten sie nicht durch. Wie macht man das bloß, ein Vorbild zu werden? Wir beide müßten es üben, solange er draußen ist. Ich spiele dir das Vorbild vor und du sagst: Nein, nicht so, da lacht man nur, sondern so. Du mußt aber ganz streng kritisieren.‹ Ich sagte:

›Aber Herr André, ich verstehe doch nichts davon.‹ Und er sagte: ›Doch, du verstehst schon eine ganze Menge davon. Nur, du schimpfst immer sofort, wenn es nicht gleich gelingt. Und der da draußen kann sich nicht wehren. Er will ja nicht recht haben, deshalb. Mit mir kannst du das machen, das schadet nichts. Ich liege im Bett und bin so schwach, daß man mir aus Höflichkeit nicht widerspricht, wenn ich ein Vorbild spiele. Wirklich, das ist wie im Zirkus. Man wird sogar klatschen, wenn ich es richtig spiele. Aber meinen Freund bringst du damit um. Er will dann so sein, wie du willst, damit du mit schimpfen aufhörst, und das bringt ihn um. Nein, hör zu. Ich weiß ja, daß du im Recht bist. Das wissen wir alle. Ach, wenn nur einer von uns so viel Recht hätte wie du. Nein, hör doch zu! Es stimmt, was ich sage. Es ist sogar selbstverständlich. Man braucht nicht einmal darüber zu reden. Uns fehlt auch die Zeit dazu. Er kommt gleich zurück. Wir haben nur Glück, weil die Fleischbrühe so heiß ist, daß er sie nicht schnell trinken kann. Wir müssen rasch unsere Rolle probieren. Man hat doch extra solche Leute wie ihn ausgewählt, weil sie nicht recht haben wollen. Man hofft, daß sie übrigbleiben, wenn es soweit ist, weil sie kein Recht haben und sich nicht danach umschauen. Man hofft, daß sie übrigbleiben, wenn die Welt mit ihrem Recht zugrunde geht. Man hofft, ja, mehr nicht. Man hofft auf sie, weil sie es schon von jeher gewohnt sind, verstehst du?‹ Ich schüttelte den Kopf, und er sagte: ›Wie soll man es dir nur erklären?‹, und ich sagte: ›Das ist doch nicht nötig, Herr André.‹ Und er sagte: ›Sie sind es gewohnt, das ist wahr, aber so gewohnt nun auch wieder nicht. Man kann einen leicht umwerfen, wenn er kein Recht hat. Man kann ihn umpusten. Und dann bleibt niemand übrig. Das wäre furchtbar. Das wäre furchtbarer als das, was hinter uns liegt, und das ist schon so furchtbar, daß man sich besser nicht danach umschaut. Das weißt du doch selbst. Alle wissen es. Sie haben nur noch ein paar Fotografien aus der Schulzeit und von dem, was man Heimat nennt, aber die Fotografien verblassen. Sie sind schon ganz verblaßt, sie nützen nichts mehr. Man kann sich schon kaum darauf berufen. Ja, hör zu. Mir fällt seine Geschichte ein. Vielleicht ist es auch nicht seine Geschichte. Ich habe sie gehört und immer geglaubt, daß es seine Geschichte ist. Das ist auch ganz gleich, denn so ähnlich ist die Geschichte immer, deine auch und vielleicht auch meine, das ist gleich. Man fotografiert sie nicht, darum ist da kein Unterschied zu sehen. Man hat erzählt, daß seine Schwester am Fenster stand . . .‹ Ich fragte: ›Hat er eine Schwester?‹ Und er sagte: ›Es wird eine dagewesen sein, anders ist es nicht möglich. Sie war aber noch ein kleines Mädchen, mit Zöpfen, glaube ich, oder mit so einem kleinen Rattenschwanz, weißt du, und einer Schleife vielleicht. Es gibt keine Fotografie. Sie war etwas älter als er, nur ein Jahr oder so. Älter war sie bestimmt. Sie stand am Fenster. Der kleine Bruder war im Zimmer, er wollte spielen. Sie hatte ihm beim Anziehen geholfen, sie hatte ihm die Stiefelbänder gebunden, das konnte er noch nicht allein, aber sie konnte es schon. Es war gleich nach dem Aufstehen, es war noch vor dem Frühstück. Ja, sie warteten auf das Frühstück. Sie warteten, daß die Großmutter sie zum Frühstück riefe. Man hörte die Großmutter in der Küche hantieren. Man hörte sie dabei brummen. Die Großmutter brummte immer, das kennt man. Die Kinder mußten warten, bis sie zum Frühstück gerufen wurden, damit sie nicht im Wege waren. Darum stand die Schwester am Fenster und sah hinaus. Es regnete etwas, aber nicht viel, nur so, wie es morgens oft regnet. Vom Fenster konnte man die Straße entlangsehen bis dahin, wo die Stadt zu Ende war.‹ Ich sagte: ›Sie sind doch aus derselben Stadt, Herr André?‹ Doch er sagte: ›Nein, das nicht, das hast du falsch verstanden. Es gibt auch viele solche Städte, sie lassen sich nicht unterscheiden. Wir sprechen nur dieselbe Sprache, das hat er gemeint, aber die haben wir nicht dort gelernt. Die haben wir woanders her. Wir waren selber erstaunt, als wir dann welchen begegneten, die dieselbe Sprache sprachen. Zuerst glaubten wir es nicht und schwiegen lieber.‹ Ich fragte: ›Und die Schwester?‹ Und er sagte: ›Sie stand am Fenster und sah die Straße entlang. Es war ja noch frühmorgens, bevor die Leute in die Fabrik gehen. Es war noch kein Betrieb auf der Straße. Nur ein Hund vielleicht, den man schon hinausgelassen hatte und der sich langweilte, weil noch kein anderer Hund auf der Straße war. Doch von dem Hund ist nichts erzählt worden, das denke ich mir nur so. Da sagte das Mädchen, ich meine die Schwester: ›Da kommt Besuch.‹ Sie sah jemand die Straße entlangkommen, von außerhalb der Stadt. Und der kleine Junge rutschte vom Stuhl und lief zur Tür und schrie: ›Großmutter, es kommt Besuch.‹ Die Großmutter ließ vor Schreck die Schöpfkelle auf den Küchenfußboden fallen und schrie: ›Da haben wir die Bescherung.‹ Und sie rief durchs Haus: ›Du mußt das Gewehr holen.‹ Das rief sie, damit der Vater es hörte, der sich noch den Schlips vor dem Spiegel umband. Und der Großvater, der im Bett liegenbleiben mußte, weil er schon ganz taub war, fragte: ›Was ist los?‹ Und die Großmutter schrie ihn an: ›Sei du nur ja ruhig. Du machst uns schon Mühe genug.‹ Auf dem Herd aber kochte das Wasser über und zischte auf der Herdplatte.‹ Ich fragte: ›War denn keine Mutter da?‹, und Herr André sagte: ›Sie war wohl gestorben. Aber genau weiß man es nicht. Im Haus hieß es, sie sei gestorben. Es war nicht erlaubt, danach zu fragen. Dann gab es Ohrfeigen. Die Großmutter aber wagte nicht, selber aus dem Fenster zu sehen, solche Angst hatte sie, stell dir das vor. Sie blieb in der Zimmertür stehen und fragte: ›Kommt er schon näher?‹ Und die Schwester am Fenster sagte: ›Etwas ja. Er hat keine Eile.‹ Und die Großmutter schrie durchs Haus: ›Mach schnell mit dem Gewehr.‹ Und die Schwester sagte: ›Er hat dich gehört, Großmutter. Er ist stehengeblieben.‹ Und die Großmutter schrie: ›Schnell, er ist stehengeblieben. Jetzt kann man gut auf ihn zielen.‹ Und der kleine Junge sagte: ›Das Gewehr ist auf dem Speicher.‹ Er rannte hinter dem Vater her die Treppe hinauf. Das Gewehr stand nämlich auf dem Speicher, es stand an die Dachpfannen gelehnt hinter dem alten Hausrat. Es war schon lange nicht mehr damit geschossen worden. Der Vater holte das Gewehr hervor. Der Junge fragte: ›Wird es auch einen tüchtigen Knall geben?‹ Da fiel dem Vater das Gewehr aus der Hand. Er hatte es am Riemen gehalten, und der Riemen riß. Das Leder war brüchig geworden, verstehst du. Das Gewehr polterte Stufe für Stufe die Speichertreppe hinunter. Welch ein Getöse! Die Großmutter schrie: ›Du bist ein Tölpel‹, und wollte das Gewehr aufheben. Der

Vater war wütend geworden. Er sagte: ›Rühr das Gewehr nicht an!‹, und der kleine Junge fragte: ›Kann man nun nicht mehr damit schießen?‹ Und der Großvater rief von seinem Bett: ›Wo bleibt denn mein Frühstück?‹ Und die Schwester am Fenster sagte: ›Er kommt schon näher.‹ Und der Junge fragte: ›Wie sieht er aus?‹ Und die Schwester sagte: ›Er sieht wie einer von uns aus.‹ Die Großmutter nahm das Gewehr auf und sagte: ›Alles muß ich allein tun.‹ Sie wollte schießen, verstehst du. Ja, tatsächlich, sie wollte selber schießen. Der Vater sagte: ›Gib das Gewehr her, das ist meine Sache. Ich bin der Mann.‹ Da lachte die Großmutter: ›Du ein Mann?‹ Da riß der Vater ihr das Gewehr aus der Hand. Beinahe wäre sie hingefallen, sie mußte sich am Treppenpfosten festhalten und schrie: ›Er hebt die Hand gegen seine Mutter auf, Großvater.‹ Aber der Großvater war ja taub; er wollte sein Frühstück; er weinte, weil er sein Frühstück nicht bekam. Er hatte immer sein Frühstück bekommen. Er meinte, sie hätten ihn vergessen. Der kleine Junge fragte: ›Was macht der Besuch?‹ Und die Schwester sagte: ›Er ist schon ganz nahe.‹ Da sagte der Vater leise: ›Ich werde euch alle totschießen, wenn ihr nicht still seid.‹ Weil er es ganz leise sagte, merkte die Großmutter, daß er es ernst meinte, und war still. Der Großvater wollte aus seinem Bett aufstehen, man hörte es. Er konnte nicht allein aufstehen, er wäre hingefallen. Der kleine Junge fragte: ›Soll ich ihm helfen?‹ Doch der Vater sagte: ›Ich werde euch alle totschießen.‹ Das Gewehr hielt er in der Hand, um gleich schießen zu können. Er stand in der Zimmertür und wartete noch. Die Schwester sagte: ›Nun hat er sich vor die Haustür gesetzt.‹ Und die Großmutter sagte: ›Nun hast du den richtigen Moment verpaßt.‹ Aber der Vater drohte ihr nach hinten mit der Faust. So wird es erzählt. Und was machte der Besuch? Er saß auf den Stufen vor der Haustür. In solchen Städten gibt es solche Stufen vor der Haustür. Sie reichen weit bis auf den Bürgersteig hinaus. Sie sind nicht zum Sitzen da, aber die alten Leute saßen manchmal abends da. Sie legten sich ein Kissen unter und sprachen über das Wetter. Jetzt sind solche Stufen verboten, weil die Fußgänger darüber fallen können. Auf diesen Stufen saß der Besuch, heißt es. Die Schwester stand am Fenster und sah alles. Sie sagte den andern, was sie sah. Es war nämlich inzwischen Zeit für die Leute, daß sie in die Fabrik gingen. Sie kamen aus ihren Häusern und gingen schnell die Straße entlang, um nicht zu spät zur Arbeit zu kommen. Das war jeden Morgen so. Man hörte die Schritte auf dem Pflaster, dann wußte man, wieviel Uhr es war. Die Leute wunderten sich, daß da jemand auf den Stufen saß, den sie nicht kannten. Sie wunderten sich so, daß sie sich an der Straßenecke noch einmal umsahen. Dann gingen sie weiter. Die meisten gingen weiter. Nur einige blieben nach ein paar Schritt stehen und faßten in die Tasche. Sie gingen die zwei Schritt zurück und gaben dem, der auf den Stufen saß, etwas. Dann liefen sie schnell hinter den andern her, weil sie sich schämten und um nicht zu spät zu kommen. Die Schwester erzählte alles. Sie sagte: ›Sie geben ihm Groschen.‹ Und der kleine Junge sagte: ›Damit er sich Schokolade kaufen kann.‹ Und die Großmutter sagte: ›Was für eine Schande! Man muß die Polizei rufen.‹ Und der Junge sagte: ›Ich kann hinten durch den Garten laufen. Es ist ein Loch im Zaun. Dann merkt er es nicht.‹ Doch der Vater sagte: ›Rühr dich nicht vom Fleck.‹ Und zur Schwester sagte er: ›Frag ihn, was er will.‹ Doch die Großmutter hatte Angst. Sie sagte: ›Laß sie nicht mit ihm reden, dann sind wir verloren.‹ Aber der Vater sagte: ›Sie soll ihn fragen, habe ich gesagt.‹ Das Gewehr hielt er schußbereit. Da beugte sich die Schwester zum Fenster hinaus und fragte: ›Was willst du, Onkel?‹ Und der, den sie Onkel nannte, sagte: ›Ich will mich nur etwas ausruhen.‹ Man hörte es im Zimmer, was er sagte. Die Schwester brauchte es nicht erst zu wiederholen. Die Großmutter sagte: ›Sag ihm, er soll sich da wegscheren.‹ Doch die Schwester sagte: ›Es regnet doch, Großmutter.‹ Und der kleine Junge sagte: ›Frag ihn, ob er auch noch kein Frühstück gehabt hat.‹ Und die Großmutter sagte: ›Frag ihn das nicht. Er bringt uns Ungeziefer ins Haus.‹ Und die Schwester beugte sich aus dem Fenster und fragte: ›Hast du Ungeziefer, Onkel?‹ Und der, den sie Onkel nannte, sagte von draußen: ›Das ist gut möglich.‹ Und die Großmutter sagte: ›Seht ihr! Seht ihr! Da habt ihr's.‹ Und der kleine Bruder sagte: ›Sag ihm, wenn er sich morgens nicht wäscht, gibt es kein Frühstück.‹ Da gab es einen fürchterlichen Bums im Haus. Nicht laut, aber so, daß man erschrak. Auch der, der draußen auf den Stufen saß, erschrak. Er stand vor Schreck auf und fragte: ›Was war das?‹ Und die Schwester sagte es ihm. ›Es ist Großvater. Er ist aus dem Bett gefallen, weil er sein Frühstück haben will.‹ Der, den sie Onkel nannte, reckte sich, um ins Zimmer zu sehen, aber er konnte nicht genug sehen, das Fenster war etwas zu hoch. Er fragte: ›Hilft ihm denn niemand?‹ Und die Schwester sagte: ›Papa ist doch hingelaufen und Großmutter auch. Papa hebt Großvater auf und legt ihn wieder ins Bett. Großvater wiegt nicht schwer, Papa kann ihn ganz allein hochheben. Großmutter steht dabei und schimpft. Das Gewehr hat Papa da an den Türpfosten gelehnt. Willst du es haben, Onkel?‹ Und der, den sie Onkel nannte, sagte: ›Ich geh jetzt lieber, sonst fällt er noch einmal aus dem Bett. Hier ist das Geld, das mir die Leute gegeben haben. Teil es mit deinem Bruder.‹ Und die Schwester machte einen Knicks und sagte: ›Vielen Dank. Soll ich ihm Schokolade kaufen?‹ Aber der, den sie Onkel nannte, war schon weg. Da lief die Schwester zu den andern und sagte: ›Der Besuch ist weggegangen.‹ Von dem Geld sagte sie nichts. Und der kleine Junge fragte: ›Was soll nun mit dem Gewehr?‹ Aber der Vater war in großer Eile, er mußte ins Geschäft. Er sagte: ›Tragt es auf den Speicher zurück‹, und rannte fort. Er wollte die Bahn noch bekommen. Und die Großmutter schrie hinter ihm her: ›Feigling! Ihr seid alle Feiglinge.‹ So wird es erzählt.

Ich fragte Herrn André: ›Und das Frühstück?‹, und Herr André sagte: ›Über das Frühstück wird nichts erzählt. Es wird wohl nicht geschmeckt haben. Die Schwester ging fort, als sie etwas größer geworden war. Sie wollte in die Lehre gehen, heißt es. Auch der Bruder ging in die Lehre, als er groß genug war. Dann kam ein Krieg. Das Haus und die Stadt sind verschwunden. Man braucht nicht mehr daran zu denken. – Da kommt er von der Küche.‹

Ich stand schnell vom Bett auf. Herrn Andrés Freund sagte: ›Bleiben Sie doch sitzen‹, doch ich sagte: ›Nein, es ist Ihr Platz‹, und stellte mich ans

Fußende des Bettes. Herr André sagte zu ihm: ›Es ist kurz vor Tagesanbruch, ich bin recht müde.‹ Und der Freund sagte: ›Ja, in der Küche steht ein Wecker.‹ Da sagte ich: ›Sie haben ihr sicher wieder Geld gegeben.‹ Er war verlegen, er sagte: ›Ich mußte ihr doch die Fleischbrühe bezahlen. Ich habe mir die Zunge etwas verbrannt.‹ Er probierte die Zunge an den Lippen aus, es war sehr komisch, auch Herr André sah es. Er sagte: ›Dann kannst du morgen wohl keinen Bericht machen?‹ Und sein Freund sagte: ›Dann übermorgen. Vielleicht heilt es bis dahin. Die Zunge heilt schnell.‹ Herr André dachte eine Weile nach, dann sagte er: ›Ist der Bericht überhaupt nötig, lieber Bruder?‹ Sein Freund sah schnell zu mir hin, dann fragte er: ›Meint das Fräulein, es wäre nicht nötig?‹ Und ich sagte: ›Herr André macht sich über mich lustig, ich verstehe doch nichts davon.‹ Doch Herr André sagte: ›Das Fräulein, wie du sie nennst, meint, ob es nicht doch besser wäre, wenn wir zum Zirkus gingen.‹ Und ich sagte: ›Nein, Herr André, das habe ich nie gesagt.‹ Doch Herr André machte sich weiter über uns lustig, er sagte: ›Man braucht dann nur abends aufzutreten. Höchstens noch Sonntag nachmittags für die Kinder. Das Fräulein, wie du sie nennst, meint, dann merkt es niemand, wie untüchtig wir sind.‹ Ich wollte wieder sagen, daß ich das nicht meinte und daß ich das nie gesagt hätte, aber Herr André ließ mich nicht. Er machte auch nur Spaß. Er sagte: ›Die Leute denken dann, wir täten nur so, als ob wir untüchtig wären, damit sie lachen können. Ich stelle mir das so vor: Du holst ein Notizbuch und einen Bleistift aus der Tasche und tust so, als ob du einen Bericht machst. Das wird sehr komisch aussehen. Die Leute werden denken, da schreibt einer die Wahrheit auf, und werden sich schieflachen. Was der sich einbildet! Auf die Weise brauchen wir gar keinen Bericht mehr zu machen, wir brauchen nur so zu tun. Es genügt eine Verbeugung vor dem Publikum.‹ Und sein Freund fragte: ›Soll ich das berichten?‹ Und Herr André sagte: ›Ach, um Himmels willen. Ich kann mich doch irren.‹ Und zu mir sagte Herr André: ›Wie können wir ihn nur davon abbringen? Ich glaube, ich rede immer noch zu viel. Ich muß noch viel schweigsamer werden. Das ist es vermutlich. Ein Bericht. Ein Bericht. Für wen denn einen Bericht? Für die Polizei? Für die Bibliotheken? Die Unsrigen wissen doch auch ohne Bericht Bescheid. Ich habe das Berichten satt. Höchstens ein Postskriptum. Nein, auch kein Postskriptum. Auch das ist Eitelkeit. Man muß sich das Postskriptum verkneifen. Es ist soweit. Keine Angst, Melitta! Keine Angst!‹

Da ging alles so schnell, daß ich gar nicht erst

Angst haben konnte. Ich kann es Ihnen nicht so schnell erzählen, wie es ging. Er nannte mich bei meinem Namen, und da war es schon soweit. Die Zimmertür stand schon weit offen, auch die Wohnungstür. Ich weiß nicht, wer die Kette von der Wohnungstür genommen hatte. Die Martha legte immer die Kette vor, aber die Martha war nicht zu sehen. Ich hatte die schwarze Limousine nicht kommen hören. Ich hatte die Tritte auf der Treppe nicht gehört. Schuhe mit hohen Absätzen. Ich hatte nicht mehr an meine Herrin gedacht, ich hatte sie über dem Gerede vergessen. Sie rauschte herein. Es gab etwas Wind dabei. Sie hatte ihren schwarzen Pelzmantel an. Ich stand am Fußende des Bettes, ich hielt mich an den Bettpfosten fest. Sie ging einfach bis zum Bett, ohne sich nach mir umzuschauen. Sie stand am Bett und sah auf Herrn André hinab. Genau wie damals. Nur daß Herr André nicht schlief. Seine Augen waren offen, weit offen. Ich war sprungbereit. Sie sollte Herrn André nichts antun. Wenn sie die kleinste Bewegung gemacht hätte, wäre ich ihr in den Nacken gesprungen, glauben Sie mir. Ich hätte sie beim Kragen zurückgerissen, und wenn ihr Pelzmantel dabei kaputtgegangen wäre. Bestimmt! Aber sie bewegte sich nicht. Sie stand da und blickte auf Herrn André hinab. Mir drehte sie den Rücken zu, ihr Gesicht konnte ich nicht sehen. Ich wollte es auch nicht sehen. Was brauchte ich ihr Gesicht zu sehen?

Da sagte Herr André: ›Du kannst doch etwas berichten, lieber Bruder. Es ist keine Indiskretion. Berichte den Unsrigen, daß ich eine Frau gesehen habe, die ließ sich von einem Mädchen die Füße zwischen den Zehen abtrocknen. Das muß doch gekitzelt haben.‹

Herr André grinste mir zu, doch ich hatte keine Zeit, zu Herrn André hinzusehen. Ich dachte, jetzt platzt sie vor Wut, das schadet ihr gar nichts.

Aber sie hatte sich in der Gewalt. Man merkte es ihr nicht an. Sie fraß alles in sich hinein, verstehen Sie. Sie stand ganz ruhig da und sah auf Herrn André hinab. Ich brauchte ihm nicht beizustehen. Erst ganz zuletzt wandte sie sich vom Bett ab und zu Herrn Andrés Freund hin, der irgendwo im Schatten stand, beim Fenster oder beim Tisch, ich konnte ihn nicht sehen, und dabei machte sie eine kleine Bewegung mit dem Kopf zu mir hin und sagte: ›Sagen Sie bitte der Kleinen, daß sie ihm die Augen zudrücken könne.‹

Damit rauschte sie hinaus. Wie eine Königin! Und Herr Andrés Freund, den ich nun wieder sehen konnte, machte eine Verbeugung hinter ihr her. Eine ganz tiefe Verbeugung. Wirklich, wie im Zirkus, so komisch verbeugte er sich. Und dabei sagte er: ›Sehr wohl, meine Gnädigste.‹ Aber sie war schon über alle Berge.

Und in der Küche rasselte der Wecker.

Nachbemerkung des Autors

Wer sich das Schienbein an einer Stuhlkante stößt, ruft ›Au!‹ Und wenn einem ein plötzlicher Gewittersturm die Papiere vom Schreibtisch wirbelt, verflucht man seinen Beruf und vielleicht das Dasein. Das sind natürliche Reaktionen, aus denen sich doch keine Moral oder Ideologie konstruieren läßt.

Nicht anders ist es mit einem Buch, besonders mit einem Buch, das gerade fertig geworden ist. Es hat dem Autor gefallen – nennen wir es einmal so –, sich so intensiv wie möglich einer bestimmten atmosphärischen Spannung auszusetzen. Gelingt es ihm, die Atmosphäre so wiederzugeben, daß der Leser mit hineingerissen und zu eigenen Reaktionen gezwungen wird, hat er alles erreicht, was sich mit einem Buch erreichen läßt, sehr viel sogar. Sicher gibt es in dem Buch den einen oder anderen prägnanten Satz; es wäre schlimm, wenn das nicht der Fall wäre. Aber um Himmels willen, man picke diesen Satz nicht heraus und behaupte: Aha, so ist es gemeint. Auch dieser Satz ist nichts als eine situationsbedingte Äußerung, als solche muß sie stimmen und notwendig sein, aber mehr nicht. Man frage darum nie einen Autor, was er mit seinem

Buch habe sagen wollen. Alles, was er darüber weiß, hat er erst nachträglich von Kritik und Publikum erfahren. Manchmal trifft es zu, das mag sein, doch mit der Entstehung des Buches hat es nichts zu tun, und den Autor interessiert es auch gar nicht, da er sich längst in einer anderen Situation befindet, d. h. in einem neuen Buch.

Bitte, *das kennt man.*

Zum Glück läßt sich diesmal etwas über das Nachwort zu dem Buch mitteilen, weil es nicht mitgedruckt wurde. Fünf oder sechs Seiten, nicht mehr. Eine unerledigte Situation sozusagen. Das Nachwort spielt etwa vierzig Jahre später. Ein junger Reporter befragt einen älteren Chirurgen über die Aufzeichnungen, die er unter dem Titel ›Das kennt man‹ als Student niedergeschrieben hat. Der Professor hat irgendein Jubiläum, Nobelpreis oder fünfundsiebzigster Geburtstag, ganz gleich. Das Gespräch findet übrigens in der Universitätsklinik statt. Der Reporter möchte natürlich möglichst präzise Auskünfte haben, das ist klar. Er fragt den Professor unter anderem, ob er sagen könne, an welcher Krankheit dieser Herr André, die Hauptfigur der Aufzeichnungen, gestorben wäre. Der Professor meint: ›Braune Flecke unter der Haut, wie ausgeschütteter Milchkaffee? Vielleicht eine Lebererkrankung oder Urämie. Man müßte einen Fachmann fragen.‹ Und nach einer Weile fragt er seinerseits: ›Glauben Sie denn, daß es diesen Herrn André wirklich gegeben hat?‹ Das bringt nun wiederum den jungen Mann etwas aus der Fassung, denn er hat bis dahin nicht daran gezweifelt. Schließlich sagt er: ›Doch! Das merkt man an Kleinigkeiten. Kleinigkeiten lassen sich nicht erfinden.‹

Der alte Herr hört sich das an. Dann steht er auf und sagt: ›Nun, das ist Ihr Beruf. Davon verstehen Sie mehr als ich. Und jetzt müssen Sie mich entschuldigen.‹ Er zeigt auf ein paar Röntgenaufnahmen, die vor ihm auf dem Schreibtisch liegen. ›Wir haben da nämlich einen sehr bösartigen Tumor.‹

Damit ist das Interview beendet.

Hans Erich Nossack

Zu dieser Ausgabe

insel taschenbuch 2330
Hans Erich Nossack
Das kennt man

Der Text folgt der Ausgabe: Hans Erich Nossack, Das kennt man. Erzählung. Suhrkamp Verlag Frankfurt am Main 1964.
Umschlagabbildung: Edvard Munch, Der Tag danach, 1894

Das schöne insel taschenbuch im Großdruck

it 2323. DM 12,–

Jurek Becker
Die beliebteste Familiengeschichte
it 2333. ca. DM 12,–

F. M. Dostojewski
Helle Nächte
it 2328. DM 12,–

Marguerite Duras
Der Vize-Konsul
it 2312. DM 14,–

Gustave Flaubert
Ein schlichtes Herz
it 2314. DM 16,–

Theodor Fontane
L' Adultera
it 2329. DM 16,–

Max Frisch
Erzählungen des
Anatol Ludwig Stiller
it 2304. DM 12,–

it 2301. DM 10,–

Das schöne insel taschenbuch im Großdruck

it 2311. DM 14,–

Wolfgang Hildesheimer
Lieblose Legenden
it 2305. DM 14,–

E. T. A. Hoffmann
Der unheimliche Gast
it 2302. DM 12,–

Ricarda Huch
Der letzte Sommer
it 2315. DM 12,–

André Kaminski
Nächstes Jahr in Jerusalem
it 2334. ca. DM 18,–
November 1991

André Kaminski
Der Sieg über die
Schwerkraft und andere
Geschichten
it 2319. DM 12,–

Heinrich von Kleist
Die Marquise von O...
it 2307. DM 12,–

it 2306. DM 12,–